내가 죽은 다음날

내가 죽은 다음날

김서진 장편소설

카프카의밤

차례

프롤로그 6

너무나 아름다웠던 마지막 빛 9

그냥 떠날 수 없는 사람들 43

내 목소리를 들어줘 73

내가 살던 곳을 닮은 지옥 111

이곳에 남아 있는 까닭 145

괜찮아진다는 것의 의미 181

죽은 후에도 사람은 자라는 것일까 209

누구도 혼자가 아니야 241

에필로그 259

작가의 말 261

 프롤로그

어렸을 적에 나는 물에 빠져 죽을 뻔한 적이 있다. 그때 나는 수영 강습을 받고 있어서 자유형으로 25미터 정도는 헤엄칠 수 있었다.

25미터는 먼 거리였다. 호흡이 가빠 수영장 난간을 붙잡고 내가 헤엄쳐 온 거리를 되돌아보면 꽤 아득해 보였고, 그 거리를 내가 견뎌냈다는 사실이 뿌듯했다. 집에 돌아와 내가 자랑을 늘어놓자마자 아빠는 남해로 휴가를 간다고 말했다. 마치 나를 위해 즉석에서 결정한 것처럼. 사실은 아빠의 사업이 완전히 망하기 전이었고, 그 때문에 엄마와 아빠가 이혼하기 직전이어서 남해에 살고 계신 할머니에게 돈을 부탁하려고 떠난 여행이었다.

그곳의 바다는 수영장처럼 잔잔했다. 수심이 얕아 나 같은 수영 초보에게는 딱 좋았다. 나는 손에 잡힐 듯한 수면에 떠 있는 부표를 향해 올림픽에 출전한 선수처럼 비장하게 팔다리를 움직였다. 문제는 수영장과 달리 바다는 가까워 보이는 물체도 훨씬 멀리 있다는 것이다. 부표는 절대로 내가 다가갈 수 없는 그런 거리에서 옴짝달싹하지 않았다.

어느 순간 힘에 부치면서 호흡이 힘들어졌고, 나는 발끝이 바닥에 닿는지 확인해보려고 몸을 세웠다. 아무것도 닿지 않았다. 한순간 온몸이 긴장하면서 나는 자세를 잃고 허우적대기 시작했다.

코와 입으로 짠물이 마구 들어왔다. 고통은 둘째 치고 죽을지 모른다는 공포가 밀려왔다. 나는 미친 듯이 팔을 내저었고 내 눈에는 출렁이는 바닷물과 해변에서 한가하게 물놀이 중인 사람들의 모습이 번갈아 비쳤다.

내가 조금만 더 침착했다면 숨을 들이마시고 머리를 물에 처박기만 하면 몸이 물에 뜬다는 사실을 떠올릴 수 있었을 것이다. 하지만 나는 죽는다는 공포에 사로잡혀 뻣뻣하게 긴장한 팔다리를 허우적거렸다. 힘이 잔뜩 들어간 몸은 물 위에 뜰 수 없었고, 나는 물속으로 가라앉았다.

그러자 거짓말처럼 고통이 사라졌다. 마치 흡입기가 나를 빨아들이는 것 같았다. 물속은 고요했고, 또 따뜻했다. 아무런 저항도 할 수 없었고 저항할 생각조차 떠오르지 않았다. 조금 전까지 호흡곤란으로 느끼던 고통과 두려움이 사라졌고 한없이, 한없이 편안하기만 해서 공연히 허우적거렸구나, 하는 생각까지 들었다. 내 팔과 다리가 흔들거리는 모습이 보였는데 마치 발레리나의 동작처럼 근사해 보였다.

내 팔과 다리 사이로 미역이 지나갔다. 미역은 초록색으로 반짝거렸다. 나는 그렇게 예쁜 초록색을 처음 보았다. 이 세상의 모든 아름다움을 다 합쳐둔 것보다 더 예뻤다. 미역의 색깔이 너무 예뻐서 나는 이것이 현실일 리 없다고 생각했다. 그때 생각했다. 내가 죽는 건가.

어느 책에선가, 죽기 전에 사람의 뇌 속에는 엔도르핀이 방출되어 고통을 잊는다는 걸 읽은 적이 있었다. 죽음 직전이 이토록 편안하고 행복한 것이라면 죽는다는 것을 두려워할 이유가 없었다. 사람들이 내가 행복하게 죽었다는 것을 알아야 하는데, 라는 생각을 끝으로 눈을 감았다.

눈을 감았는데도 뭔가가 보였다. 사람들 같았는데 안개처럼 부옇고 희미했다. 그 모습이 어슴푸레한데도 나는 그들이 나를 향해 다정하게 미소 짓고 있다는 것을 알았다. 나는 그들을 향해 손을 내밀었다. 그리고 암전이 왔다.

너무나
아름다웠던
마지막 빛

내가 죽던 날 아침, 나는 늦잠을 잤다. 눈을 떠보니 일곱 시가 넘었고 그때부터 정신이 없었다. 나는 화장실과 내 방을 미친 듯이 오가면서 엄마한테 짜증을 냈다. 엄마는 주방 싱크대 앞에 서서 어제 저녁 미루어둔 설거지를 하고 있었.

"왜 날 안 깨웠냐고!"

"안 깨우긴 누가 안 깨워? 네가 안 일어난 거지!"

"못 일어난다고 안 깨우면 어떡해!"

"시끄러. 내가 네 종이야?"

엄마는 이미 화가 나 있었다. 이유는 뻔했다. 내 방에서 나오자마자 술 냄새가 코를 찔렀다. 술 냄새의 진원지는 동생 방이었고, 반쯤 열린 문 너머로 동생 침대에 뻗어 있는 새아빠의 등짝이 보였다. 다 구겨진 와이셔츠가 잔뜩 말려 올라가 맨살이 반쯤 드러나 있었다. 투실투실 살이 붙은 희멀건 등짝. 나는 꼴이 보기 싫어 방문을 쾅 닫아버렸다. 나도 화가 나 있었다. 지각인데 내 핸드폰이 보이지 않았다.

"너, 내 핸드폰 가져갔지?"

식탁에서 시리얼을 먹고 있던 동생이 뚱한 눈으로 나를 쳐다봤다. 엄마가 대신 말했다.

"일곱 살짜리한테 네 핸드폰을 왜 물어봐?"

"일곱 살짜리한테 늘 동영상 틀어준 사람이 누군데? 그러니까 툭하면 내 핸드폰 가져가서 들여다보고 있잖아!"

"핸드폰은 네가 잘 챙겼어야지."

"엄마는 뭐든 내 잘못이지?"

나는 동생 방으로 가서 책상 위를 뒤졌다. 핸드폰은 보이지 않고, 어질러진 책상 위에 한자가 가득 적힌 종이 한 장이 굴러다녔다. 종이를 넣었던 봉투도 방바닥에 떨어져 있었다. 한자를 몰라서 무슨 뜻인지는 알 수 없었지만 자초지종은 알 것 같았다. 보나마나 새아빠의 문서일 테고, 한자로 잔뜩 적힌 걸 보니 꽤 중요한 물건일 텐데(나는 전에 어음이라는 걸 본 적이 있었다.), 술에 취한 새아빠가 부주의하게 흘린 걸 동생이 꺼내본 것이다.

술 냄새는 머리가 깨질 듯 지독했고, 새아빠는 자면서 배를 벅벅 긁었다. 최근 몇 년 동안 우리 집 경제 사정은 계속 아슬아슬했는데, 모든 게 새아빠의 대책 없는 저 무신경 때문이라는 생각에 속이 부글부글 끓어올랐다.

나는 창문을 활짝 열고, 한자가 잔뜩 적힌 문서를 동생 방에 있는 한국문학전집 중 한 권 속에 집어넣었다. 내가 고등학교에 입학할 때 엄마가 사다준 전집인데 내 방 책꽂이가 비좁아 동생 방에 꽂아두었다. 동생 방에는 온갖 잡동사니가 나뒹굴었다. 엄마가 대학 때 보던 디자인 책들, 옛날 사진들을 넣어둔 앨범들, 내가 유치원 때 만든 그림책 등등.

엄마는 그 전집을 홈쇼핑에서 주문했다. 엄마는 전집 상자가 배달된 날 호들갑스레 책을 뒤적이며 그중 하나를 내게 읽어주기까지 했다. 엄마의 추억이 어려 있다는 것이다. 엄마 추억은 엄마 혼자 즐기면 되지 왜 나까지 고생시키는 건지.

"달은 지금 긴 산허리에 걸려 있다. 밤중을 지난 무렵인지 죽은 듯이 고요한 속에서 짐승 같은 달의 숨소리가 손에 잡힐 듯 들리며, 콩 포기와 옥수수 잎새가 한층 달에 푸르게 젖었다. 산허리는 온통 메밀밭이어서 피기 시작한 꽃이 소금을 뿌린 듯이……*. 아, 이 표현 죽이지 않아? 꽃이 소금을 뿌린 것 같대. 학교 다닐 때 이 구절을 얼마나 좋아했는데!"

꽃도, 소금도 나에게는 아무런 감흥도 불러일으키지 못했

---

* 이효석 「메밀꽃 필 무렵」에서 빌려옴.

다. 무엇보다 줄거리가 너무 이상하다는 생각이 들었다.

"그 허생원이라는 사람. 웃기는 남자 아냐? 처음 보는 처녀를 건드려놓고 줄행랑을 놓으면 어떡해? 남의 인생을 그렇게 망쳐놔도 돼?"

"이제 동이랑 만나 셋이서 잘살 거잖아."

"와, 미치겠네. 자신의 무책임한 행동 때문에 평생을 고생하게 만들어놓고 다 늙어서 그 여자를 찾아간다고? 여자는 그걸 받아준단 말이야?"

"너하고 무슨 얘기를 못 하겠다. 문학을 문학으로 받아들이면 안 되니?"

나는 그 이야기가 너무 오싹해서 두 번 다시 꺼내볼 마음이 생기지 않았다. 하지만 그날 아침 나는 서정성이 흘러넘친다는 그 책 안에 새아빠의 문서를 집어넣었다. 어디 한 번 당해봐라, 싶었다. 중요한 물건이면 찾느라 난리가 날 테고 고생 좀 시킨 후에 내가 찾은 척하거나, 아니면 엄마가 찾도록 흘려둘 생각이었다. 우리 집에는 버뮤다 삼각지 같은 사차원이 존재해 늘 무언가 사라지고, 새로 사고 난 후에야 엉뚱한 데서 툭 튀어나오곤 했으니 전혀 이상할 것 같지 않았다.

"지각한다며 뭘 꾸물거려? 빨리 안 나가?"

"핸드폰 찾고 있잖아!"

나는 한국문학전집을 제자리에 꽂고 거실로 튀어 나갔다.

엄마가 화장실에서 내 핸드폰을 들고 나왔다.

"네가 하는 일이 늘 이래. 알고 있지?"

나는 엄마 손에서 내 핸드폰을 빼앗아 쥐고는 현관을 나섰다. 그러고는 엄마를 쳐다보지도 않은 채 힘껏 문을 꽝 닫고 계단을 달려 내려갔다. 그 순간이 살아서 엄마를 마지막으로 볼 수 있는 기회였는데도.

학교로 가는 내 발걸음은 무거웠다. 엄마와 다투고, 새아빠 때문에 짜증이 났기 때문은 아니다. 그런 건 사소한 일상이라고 할 수 있다. 나부터도 빌라 입구를 빠져나가자마자 잊어버리고, 밤에 집으로 돌아가면 나를 포함해 누구도 기억하지 못하는.

하지만 내가 늦잠을 잘 만큼 잠을 설친 것, 학교로 가서 부딪쳐야 할 일들은 사소한 일상이 아니었다. 은수가 자살을 기도한 것이다. 나는 머릿속에 폭탄이 터지는 것처럼 충격을 받았다.

생각해보면 아이러니한 일이다. 정작 죽으려고 했던 은수는 멀쩡하게 살아났고, 그날 내가 죽었다는 것은.

하지만 다른 모든 사람과 마찬가지로 나 역시 몇 시간 후에 일어날 일을 전혀 알지 못했다. 내 머릿속은 전날 점심시간에 담임이 나와 지영을 불러 했던 말, 그러니까 은수가 자살을 기도했고, 유서에 친구들로부터 왕따를 당해 더 이상 살고 싶지 않다고 썼다는 사실로 가득 차 있었다.

담임은 나와 지영, 그리고 혜라까지 모두 핸드폰을 제출하게 했다. 그러고는 카톡을 열어 오고간 메시지 하나하나를 확인했다.

"너희 넷이 만든 단톡방이 있고, 은수만 빼고 셋이서 만든 단톡방이 있네. 왜 이랬어?"

"우리끼리 할 얘기가 있어서요."

지영은 별것 아니라는 듯 말했다. 언제나 그랬지만 지영은 대담했다. 담임은 지난주에 우리가 나눴던 톡 내용을 휴대폰 카메라로 찍어서 저장했다.

> 지영   시발, 이은수 너 머리에 기름 꼈어. 존나 토 나와.
> 나   웩.
> 혜라   입덧 하남? ㅋㅋㅋㅋㅋㅋㅋㅋㅋ
> 지영   나연, 쟤 좀 어떻게 해봐. 니 말 잘 듣잖아.
> 나   몰라. 나도 포기.
> 지영   야, 이은수. 너 짜증나니까 자꾸 내 앞에 얼굴 디밀지 마.
> 혜라   ㅋㅋㅋㅋㅋㅋ 짜증유발자.

은수　(엎드려 우는 이모티콘)
혜라　니 이모티콘 지겨워. 그것밖에 없냐? ㅋㅋㅋㅋㅋ
나　트렌드 초월 이은수. 너 짱 먹어라.

　그 대화는 모두 특별한 의미 없는 농담들이었다. 우리는 그러면서 늘 몰려다녔다. 담임은 은수를 제외하고 우리 셋이서 나눈 대화도 모두 확인하고 캡처했다. 교실에서 여러 번 도난 사건이 일어났는데 그게 은수 짓이라는 소문에 대해 떠든 대목이었다. 은수가 자살을 기도하기 이틀 전 일이다.

지영　야, 이은수 중딩 때도 도둑질하다 걸렸다는 거 소문 쫙!
혜라　범인 확실하구만. 애들이 다 알아. 쪼끄만 년이 도둑질까지. 손모가지를 잘라야 혀. ㅋㅋㅋㅋㅋ
지영　지난번에 내 지갑에서 돈 없어진 것도 은수 짓 아냐?
나　범인 색출 나섰냐?
지영　아 씨, 쟤 날 쳐다본다. 토 쏠려.
혜라　니들 사귀냐? ㅋㅋㅋㅋㅋㅋ
지영　처발리기 전에 닥쳐라.

"은수가 교실에서 돈 훔쳤다는 거 누가 말했어?"
담임이 묻자 지영이 대답했다.

너무나 아름다웠던 마지막 빛

"애들이 전부 다 알아요. 확인해보세요."

"그러니까 누가 제일 먼저 말했냐는 거야? 중딩 때 비슷한 일이 있었던 거, 누가 말했어?"

"저도 전해 들었어요."

"누구한테?"

지영이 대답하지 않자 담임이 내게 물었다.

"나연이 넌 은수랑 중학교 동창이잖아."

사실이었다. 나와 은수는 중학교 때부터 친했고, 고등학교에 입학해서도 1학년 때까지는 가장 친한 친구였다. 그러나 과거의 일이었다.

"저 말고도 중학교 동창 많아요."

내가 불만스레 말하자 담임은 한숨을 내쉬었다.

"지금은 시간이 없으니까 이만하자. 만약 니들이 고의로 은수를 따시켰고, 은수 할머니가 처벌을 요구하시면 이건 학폭위원회로 넘어갈 거야. 그러니 미리 자수하고 싹싹 비는 게 나을 거다."

나는 심장이 쿵쾅거렸지만 지영은 아무렇지도 않은 표정이었다. 담임은 가보라고 한 뒤 덧붙였다.

"학폭으로 결정되면 바로 경찰로 넘어가는 거 알지?"

지영은 나를 힐긋 쳐다봤다. 어쩌라고? 그렇게 말하는 표정이었다.

지영과 나는 교실로 돌아왔다. 아이들의 시선이 우리 둘에게로 쏠렸다. 어떤 애는 자살 기도라는 소식에 울었는지 눈이 충혈되어 있었다. 마치 지영과 나에게 어떤 책임이 있다는 듯 냉랭하게 쏘아보는 애도 있었다.

"지랄들을 해라. 지들이 언제부터 은수를 챙겼다고. 웃기는 짬뽕들이야, 진짜."

지영이 가소롭다는 듯 중얼거렸다. 나는 지영의 그런 태도, 남을 의식하지 않고 대다수에게 휩쓸리지 않은 채 자기 감정을 머뭇거림 없이 말하는 그 솔직함을 언제나 좋아했다. 평소 같았으면 나 역시 지영에게 동조하며 맞장구쳤을 것이다. 지영과 비슷한 생각과 감정일 때 나는 언제나 안심이 되었다.

하지만 그날은 달랐다. 나는 은수의 자살 기도와 학폭으로 경찰서에 갈 수 있다는 말에 잔뜩 겁에 질렸다. 가족에게 알려지는 것도 두려웠고, 혹 처벌을 받는다면…… 생각만 해도 끔찍했다.

후회가 밀려왔다. 은수가 중학교 때도 도둑 혐의를 받았다는 걸 지영에게 왜 말했을까. 맹세코 은수가 범인이라고 말하려던 건 아니다. 아이들이 은수 짓 아니냐고 수군댈 때도 나는 동조하지 않았다. 은수를 위해 두둔해준 적도 없지만, 정말 은수 짓일까 살짝 의심도 했지만, 은수가 범인이라는 말은 결코 하지 않았다. 지영에게 중학교 때 일을 말한 건 일종의 사고였다. 나도 모르게 입에서 툭 튀어나와버린 말. 말하고 나서도 찜찜했지만 일이 이렇게 커질 줄은 몰랐다.

"경솔한 인간은 죽어야 돼."

나는 엄마가 늘 하던 말을 중얼거리며 밤새 뒤척였다. 뒤척이며 생각했다. 은수가 생명에는 지장 없다니 다시 학교로 돌아오면 사과하고 화해해야지. 그러면 아무렇지 않게 지나갈 거라고 애써 생각했다.

하지만 아침이 밝자마자 학폭, 자살 기도, 유서, 합의 같은 단어들이 내가 잠 깨기만 기다렸다는 듯 달려들었다. 애써 품었던 희망은 눈 녹듯 사라지고 질척이는 진흙탕만 남았다. 버스 안에서도, 정류장에 내려 교문으로 이어지는 오르막길을 숨을 헐떡이며 달려가는 동안에도 그 진흙탕은 사라지지 않았다.

나는 가까스로 지각을 면했다. 바로 등 뒤에서 교문이 닫힌 것이다. 사소한 행운에 기분이 좋아져서 오늘은 왠지 운이 좋을 것 같았다. 은수 일이 잘 마무리될지도 모른다. 은수의 건강이 회복되면(지영은 "약 몇 알 먹는다고 죽어? 쇼한 거지."라고 말했다.) 은수 할머니도 노여움을 풀 것이다.

"우리 할머니는 내가 밥만 잘 먹으면 땡이야. 내가 무슨 말만 하면 밥을 못 먹었냐, 그런다니까. 아 지겨워."

은수는 늘 그렇게 말했다. 은수 할머니가 은수를 세심하게 보살핀 것도 아닌 것 같았다. 은수가 학교로 돌아오면, 그래 이제는 화해하자. 화해랄 것도 없다. 우리는 싸운 적이 없으니까. 싸우다니, 우리는 늘 몰려다녔다. 은수는 눈치가 좀 없고, 외모도 키가 자라지 않는 데 비해 옆으로만 퍼져서 같이 다니려면 좀 쪽팔리기는 했지만 그냥 포기하자. 그러면 모든 것이 다 잘될 것이다.

나는 운동장을 가로질러 뛰어갔다. 내가 교실로 들어섰을 때 혜라는 언제나 그렇듯이 몸과 1밀리미터 여유도 없이 꽉 맞게 줄인 교복의 아래 단추를 두 개나 열고(그렇지 않으면 앉을 때마다 단추가 튀어나갈 것이다.) 분홍색 털 방울이 달린 왕거울과 유튜브 뷰티 방송을 번갈아 보며 눈썹을 그리고 있었다. 지영은 그 옆에서 "아예 거울 속으로 들어가서 살아라, 이년아." 핀잔을 줬다. 내가 가방을 벗으며 숨을 몰아쉬자 혜라는 내 얼굴을 보며 인상을 찡그렸다.

"오늘 물광 메이크업이 과한데."

"버스 정류장에서 계속 뛰어봐, 온몸이 물광이지."

"니 온몸 관심 없구. 왜, 보여주고 싶냐?"

혜라가 깔깔거렸고 나도 같이 웃었다. 웃으면 나쁜 일들이

너무나 아름다웠던 마지막 빛

몰려오지 않을 것 같았다. 어른들이 입이 닳도록 말하는 긍정의 힘이 이런 걸까.

0교시 수업 종이 울렸다. 아이들은 책을 꺼내기 시작했고 교실 앞문이 열렸다. 0교시는 영어인데 담임이 들어왔다.

"서지영, 오나연. 잠깐만 나와 봐."

심장이 쿵 하고 떨어졌다. 나는 지영을 쳐다봤다. 지영은 언제나 그랬듯이 무표정한 얼굴에 그게 뭐든 깔봐주겠다는 듯한 입매를 하고 발딱 일어나 나갔다. 나는 지영을 쫓아나갔다. 아이들이 조용해졌다. 그 침묵 속에 내 등 뒤에 꽂히는 아이들의 시선을 느꼈다.

"오늘 야자 하지 말고 나랑 같이 은수 병원에 가보자."

담임은 골치 아프다는 듯 한숨을 한 번 쉬더니 말을 이었다.

"간단하게 넘어가기 어려울 것 같아서 그래. 은수 할머니 만나서 니들이 얘기 잘해. 알았지?"

"네."

지영은 간단하게 대답했다.

지영과 나는 자리로 돌아왔다. 잠시 잊었던, 아니 미루어두었던 불안과 두려움이 몰려왔다. 은수 할머니는 우리를 어떻게 하려는 것일까. 지영과 이야기를 하고 싶었지만 지영은 영어책을 펴들고 있었다. 아무 일도 없다는 듯이. 지영은 어쩌면 저렇게 침착할 수 있을까.

나는 늘 지영이 부러웠다. 키가 크고 얼굴이 예쁘다는 게 전부가 아니었다. 얼굴로 치자면 혜라가 어디로 보나 더 예뻤지만 나는 혜라를 부러워하지는 않았다. 지영은 영리했고 어른스러웠다.

"공부하면 뭘 해. 취직도 안 되는데. 아무 대학이나 들어가만 이십 세만 되면 외국 항공사에 어플라이 할 수 있어. 그러니까 영어만 하면 돼."

지영은 그렇게 말했고 실제로 영어를 잘했다.

"아랍에미리트 항공, 카타르 항공, 만수르가 경영하는 에티하드 항공. 이 세 개가 승무원 대우가 제일 좋아. 두바이나 도하에 아파트도 준대."

"야, 네가 승객들한테 굽실굽실하며 서비스하는 거 생각하면 존나 웃겨."

혜라의 말에 지영은 간단하게 대답했다.

"직업인데 해야지. 루저가 될 수는 없잖아."

하지만 나는 루저가 될 수도 있었다. 지영과 나는 늘 같이 놀았지만, 아니 지영은 나보다 더 심하게 놀았지만 나처럼 대책 없는 아이가 아니었다. 문득 나는 쓸쓸해졌다. 쉬는 시간마다 혜라가 보여주는 동영상도 시시했고, 지영과 나누는 이야기도 재미없었다. 나는 혼자 좀 있고 싶었다. 그래서 점심시간이 되자 후다닥 밥을 먹고 미술실로 갔다.

미술실에는 아무도 없었다. 물감 냄새가 코를 찔렀다. 나는 그 냄새가 언제나 좋았다. 새아빠 사업이 계속 잘되었다면 나는 지금도 그림을 그렸을 것이다. 새아빠가 돈을 못 벌면서, 엄마가 백화점에 입점한 무슨 브랜드의 영업사원으로 일하러 가면서 나는 그림을 때려치웠다. 돈도 돈이지만 그림으로 먹고살 자신도 없었다.

 "간호학과를 가. 그게 취직하는 데는 최고야."

 엄마는 늘 그렇게 말했다. 적성이니 뭐니 그런 건 다 배부른 소리라고. 다 좋은데 간호학과는 아무나 가나. 성적이 돼야 가지.

 그림을 포기했어도 학교에서는 여전히 미술부였고, 나는 기분이 언짢을 때마다 미술실에 틀어박히곤 했다. 화판을 올려둔 이젤들 뒤에 앉아 있으면 복도에서 내 모습이 보이지 않았다. 나는 의자를 붙여 다리를 올린 채 이어폰을 끼고 다이어리 앱을 열었다.

 비번을 누르자 내가 울적할 때마다 긁적거린 기록들이 시간순으로 좍 펼쳐졌다. 내가 자주 방문하는 팬픽 카페의 재미난 글들과 유튜브 링크들, 내 블로그에 올려둔 사진과 동영상들이 다 연결되어 있었다. 내 블로그는 비공개가 아니지만 누구에게도 말하지 않았고 방문객도 거의 없었다. 다이어리 앱을 쓰기 전에는 거기가 내 일기장 같은 장소였다. 은수와 멀어지면서 내 마음속에는 남에게 보여주지 못할 그늘이 생겨났고 다이어리 앱은 그 음지의 공간이었다.

나는 다이어리 앱의 시간을 거슬러 올라가다 은수를 찍은 동영상을 발견했다. 작년, 혹은 재작년 모습인지도 모르겠다. 은수네 집에서 은수가 한복을 입고 할머니를 흉내 내는 모습이었다.

은수 할머니는 점쟁이였다. 사주, 궁합, 작명, 부적, 운세라는 항목과 각 항목의 가격이 마치 식당의 메뉴처럼 벽에 붙어 있었다. 은수는 조그만 불상이 놓인 제단을 등 뒤로 하고 밥상을 앞에 둔 채 할머니 같은 목소리로 이야기했다.

"보살님은 사주에 나무가 많고 물도 많아서 원하는 일을 하면 뭐든 성과를 낼 수 있어. 하지만 불이 없어. 여자가 불이 없으면 늦게 이루어져. 그러니 조바심 내지 말고 먼 미래를 봐. 알았지?"

나는 점을 치러 온 중년 여성처럼 말했다.

"네네, 그럼 연애운은요? 궁합 좀 봐주세요."

"만나는 사람의 사주랑 이름은?"

"이름은 차은우요, 사주는."

"차은우는 내 거야. 딴것 대."

"야아!"

우리는 그러고 놀았다. 은수와 내가 사이가 나빠지기 전에. 아니 내가 은수한테서 멀어지기 전에. 우리가 둘도 없는 단짝이었을 때 은수는 늘 내 미래를 점쳐주었고, 은수는 내가 물에 빠져 죽을 뻔했던 일도 맞추었다. 정말 신기했다.

"내가 신기神氣가 있거든. 우리 할머니가 말했어. 우리 엄마한테 가야 할 신기가 나한테 왔다고."

"신기라는 게 뭐야?"

"귀신과 이야기를 주고받을 수 있는 능력이지."

"아하!"

그땐 신기라든가 귀신, 점괘 이런 말들이 아무렇지도 않았는데 언젠가부터 기분 나쁘고 재수 없는 것이 되어버렸다.

언제부터였을까. 은수가 부담스러워지고, 싫어진 것은.

지난겨울에도 둘이서 찜질방에도 갔었는데, 그땐 지영과 지금처럼 가까워지기 전이었고, 내가 그림을 그만두기 전이었다. 불과 몇 달 전인데 그사이 나는 변했고, 늙었고, 좀 더러워진 것 같았다.

그래, 뭔가가 분명 잘못되었다.

그것은 시험을 망쳤거나 학원을 빼먹고 놀았을 때 느끼는 기분과는 종류가 달랐다. 뭔가 명치 부근이 뻑뻑했고 재채기가 나오기 전처럼 코끝이 저렸다. 가슴을 누르는 납덩어리는 나를 물속 깊이 빠뜨리려는 것처럼 내 온몸을 눌렀다. 나는 심호흡을 하며 그 감정이 무엇인지 해명해보려고 애를 썼다.

'은수야, 넌 아니? 넌 뭐든 잘 알았잖아. 맞춰봐. 내가 왜 이래······.'

미술실 문이 열리는 소리와 동시에 누군가 들어왔다. 나는 눈에 띄고 싶지 않아 다리를 의자 위로 들어 올리고 고개도 푹 숙였다. 미술실을 가로질러 오는 발자국 소리가 들렸다.

"뭐 해?"

민재였다. 이젤 너머로 민재가 나를 내려다보며 물었다. 나는 슬며시 다리를 내리며 귀에서 이어폰을 뽑았다.

민재 역시 중학교 동창이었고 미술부였다. 산업 디자인을 전공하려는 민재는 전교에서 가장 그림을 잘 그리는 아이였다. 한동안 같은 미술학원에 다니기도 했다. 미술학원에 가기 전에 같이 저녁을 먹기도 했고, 학원 비상계단에서 이런저런 이야기들을 나누기도 했었다. 한마디로 요약하자면 민재와 나는 '썸을 타는' 사이였던 것이다. 내가 미술학원을 그만두면서 조금 멀어진 듯했지만 이렇게 둘이서 미술실에서 부딪치거나 우연히 맞닥뜨릴 땐 민재와 나 사이에 여전히 뭔가가 남아 있는 것 같아서 심장이 쿵쾅거렸다.

"아무것도 안 해."

민재는 키가 180센티미터가 훌쩍 넘고 팔다리가 길어 날렵한 운동선수처럼 보였다. 씩 웃을 땐 더 멋있어 보였는데 바로 그 웃음을 내게 던지고는 자신의 이젤에 세워둔 디자인 작품을 테이블로 가져갔다.

민재는 어느 향수 회사에서 공모하는 이미지 디자인을 준비하고 있었다. 그림을 그만두지 않았다면 나도 같이 공모를 준비했을 것이다. 몇 개월 만에 많은 것이 변했고, 변한다는 것은 조금은 슬플 수밖에 없다. 과거의 나와 현재의 나 사이에는 거리가 생겼고, 나는 그 거리를 바라보듯 민재의 등과 나 사이의 거리를 물끄러미 바라봤다. 내 시선 때문인지 민재가 고개를 돌렸다.

"참, 은수는 괜찮아?"

"잘 몰라. 저녁 때 병문안 갈 거야."

민재는 고개를 끄덕였다.

"은수, 중학교 때 나랑 이 학년이나 같은 반이었는데."

"알아. 이 학년 때 우리 셋 다 같은 반이었잖아."

"맞아. 너 그때 은수랑 늘 붙어 다녔잖아."

그랬지. 나는 고개를 떨어뜨리고 핸드폰을 만지작거렸다.

"언제였지? 좀 된 것 같은데 은수가 지영이랑 둘이 지나가는 걸 봤어. 지영이는 왜 애를 닭 잡듯 하는지 몰라."

"은수가 또 눈치 없이 말실수를 했겠지. 걔가 좀 그래."

민재가 나를 쳐다봤다.

나는 병원에 누워 있는 애를 욕한 것 같아 좀 무안해졌다. 나와 지영이 은수를 따시켰다는 소문이 민재 귀에까지 들어간 건 아닐까. 그런 소문은 담임이나 학폭 담당 선생님 귀에도 들어가게 마련이고 그렇다면 나와 지영이는 정말로 경찰 조사까지 받을지도 모른다.

경찰이라는 단어가 떠오르면 탈출구 없는 상자 안에 갇힌 것처럼 마음이 갑갑했다. 이 길로 그냥 사라져 버리고 싶다는 느낌, 아니 아예 죽어 없어지고 싶다는 느낌이 들었다. 내가 딴 생각에 빠진 사이 민재가 뭔가 말했나 보다.

"너, 몰라?"

"뭐?"

"지영이 말이야. 집에서 심하게 두들겨 맞는다던데 너 알아?"

민재에게도 단점은 있다. 남자애가 말이 너무 많다. 둘이서 이런저런 얘기할 때는 다정다감하게 느껴져서 좋았지만, 어디서 주워들은 소문을 전해줄 때는 좀 한심하게 보였다. 게다가 지영이 집에서 두들겨 맞다니. 처음 듣는 얘기였다. 나도 모르게 시선에 힘이 들어갔는지 이번에는 민재가 무안해했다.

"나도 전해 들은 얘기라 너한테 물어보는 거야. 지영인 전혀 그렇게 안 보이잖아."

"궁금하면 네가 직접 물어봐."

나는 쌀쌀맞게 쏘아붙이고는 벌떡 일어났다. 마침 수업 예비종이 울렸고 나는 빨리 벗어나고 싶어 서두르다 이젤 다리에 발이 걸렸다. 나는 비틀거렸고 핸드폰이 손에서 떨어졌다. 민재가 내 폰을 주워주며 말했다.

"아, 너도 다이어리 앱 쓰는구나. 이거 좋지?"

민재는 내가 기분이 상했다는 걸 눈치챘는지 다정하고 조심스러운 말투로 물었다. 나는 고개를 끄덕였다.

"네가 가르쳐줬잖아."

민재는 기분 좋다는 듯 씩 웃었다. 발끈했던 감정이 그 웃음에 스르르 풀리는 게 또 부담스럽고 민망했다.

아, 그날 오후에는 정말 너무 많은 일이 있었고, 불안과 두려움, 짜증과 슬픔, 친밀감과 거리감 등등 내가 느낄 수 있는 모든 종류의 감정이 뒤죽박죽이었다. 그 감정들을 감당하기가 어려워서 나는 핸드폰을 받아들고 서둘러 미술실을 벗어났다.

수업을 마치고 나와 지영은 담임의 차를 타고 병원으로 갔다. 담임은 병원 저녁식사 시간에 맞춰 방문하는 게 좋을 거라고 했고, 그래서 우리는 저녁밥도 먹지 않은 채였다. 지영은 차창 밖으로 시선을 던진 채 아무 일도 없다는 듯 담담한 표정이었다.

지영은 학폭으로 경찰서에 간다고 해도 동요하거나 불안해하지 않을 것 같았다.

지영은 나와 달리 강인한 존재로 여겨졌다. 나는 몰래 심호흡하며 지영처럼 되고 싶다고, 되어야 한다고 생각했다. 그래서 나도 차창 밖으로 시선을 돌렸다.

그때 봤던 거리의 풍경이 지금도 또렷이 기억난다. 비가 올 듯 구름이 잔뜩 깔렸지만 가로수의 잎들은 푸르고 무성했다. 바람이 심하게 불어 잎들이 이리저리 흔들리고 지나가는 여자들의 치마가 펄럭였다. 웃음을 터트리며 몰려가는 내 또래 여학생들의 모습도 보였다. 나를 뺀 모든 사람이 평화로운 일상 속에 있는 것 같았고, 차에서 내려 나도 그 거리의 버스 정류장이나 횡단보도 앞에 서면 모든 불안은 사라지고 다정한 저녁만 존재할 것 같았다. 그러자 미술실에서처럼 그 자리에서 사라지고 싶다는 충동이 다시 일었다. 그때쯤 차가 종합병원 주차장에 도착했다.

지영과 나는 아무 말도 하지 않고 담임 뒤를 졸졸 따라갔다. 은수는 일반 병실로 옮긴 후였다. 8인실의 좁고 누추한 병실이었다.

"내가 먼저 들어가서 너희들 왔다고 얘기할게."

우리는 고개를 끄덕였다. 병원 복도는 시끄러웠고, 마침 저녁식사 시간이어서 음식 냄새가 진동했다. 환의를 입은 사람들, 간병인들, 그 사이로 뛰어다니는 간호사들. 내 마음만큼이나 어수선하고 소란스러웠다. 제발 조용하기라도 했으면. 지영은 그새 핸드폰을 꺼내 들고 화면을 쳐다보고 있었다. 아, 그 무신경함이 얼마나 부러웠던지.

나는 열려진 병실 문 너머로 은수가 누워 있는 침대를 쳐다봤다. 다른 환자들은 일어나 식사 중이었지만 은수는 자는지 이불을 덮고 있는 발치만 보였다. 은수의 발치 쪽에 담임과 은수 할머니가 서 있었다. 금식, 안정 어쩌고 하는 할머니의 새된 목소리가 복도까지 들렸다. 나는 눈물이 쏟아지려고 했지만 꾹 참았다.

담임이 나왔다. 은수 할머니와 함께였다.

"니들 여기 왜 왔어? 무슨 꼴 보려고 왔어? 어?"

할머니는 다짜고짜 언성을 높이며 우리에게 삿대질을 했다. 담임이 고정하라는 듯 은수 할머니의 팔을 잡았다. 할머니는 뿌리치며 나에게 말했다.

"나연이, 네가 우리 은수한테 그럴 수 있어? 너, 우리 은수랑 얼마나 친했어? 은수가 부모도 없이 얼마나 불쌍한 애인지 잘 알면서 우리 은수를 따돌려? 네가?"

나는 고개를 푹 숙였다. 억울하다, 창피하다 생각하기 전에 미안하고 슬펐다.

"할머님, 애들이 많이 미안해하고 있어요."

"당연히 그래야지."

"애들이 고의로 그런 것이 아니고 크는 애들이다 보니 오해도 있을 수 있고……."

"오해는 무슨 오해. 유서에다 자기만 따돌리고 도둑년이라고 소문내고 괴롭혔다고 적혀 있는데! 이거 보라고, 이거."

할머니는 주머니에서 은수가 썼다는 유서로 보이는 종이를 꺼내 내 눈앞에서 흔들었다.

"내가 이거 절대 그냥 안 넘어가. 내가 교장실에도 전화하고, 교육청에도 전화할 거야. 우리 은수를 괴롭힌 만큼 니들도 한번 당해봐야 돼."

결국 나는 울음을 터트렸다. 지영은 나를 달래지 않았다. 담임도 은수 할머니를 달래느라 나한테 말 한마디 하지 않았다. 그냥 사라져 버렸으면, 그냥 죽어버렸으면, 그렇게 생각하며 나는 어깨를 들썩이며 울었다.

"울고 나니 시원해졌어?"

지영이 나에게 물었다.

담임과 헤어지고 우리 둘만 남았을 때였다. 나는 끝내 은수 얼굴도 보지 못한 채 병실 앞에서 돌아와야 했다. 은수 할머니는 우리가 복도를 벗어날 때까지 그냥 두지 않겠다고 목청을 높였고, 담임은 우리를 근처의 패스트푸드점으로 데리고 가서 햄버거를 시킨 후 지영과 나에게 말했다.

"무조건 잘못했다고 해. 싹싹 빌어. 일단은 은수 할머니 마음이 누그러져야 해. 그렇게 해서 가능하면 경찰서까지 가지 말고 해결해보자."

담임은 우리에게 곧장 집으로 가겠다는 다짐을 받고 전철역 앞에 내려주었다. 물론 우리는 집으로 가지 않았다. 지영과 나는 근처 스타벅스 2층 매장에 앉았다. 실내에는 사람이 거의 없었고, 빗방울이 톡톡 창문에 부딪혔다. 커피숍 유리창에 비친 내 얼굴이 눈에 들어왔다. 멍청하고 소심해 보였다.

지영은 혼자 내려가서 레모네이드 병과 얼음이 가득 든 컵을 들고 왔다. 지영은 항상 나보다 돈이 많았고, 잘 썼다. 나는 부끄러웠다. 병원에서 엉엉 운 것, 덜덜 떨리는 마음을 감추지 못한 것, 무엇보다 상황과 시간에 따라 이리저리, 오락가락하는 마음을 가진 것. 모든 게 부끄러웠다. 지영이 나를 비웃을 것 같았다. 하지만 지영은 나를 위로하려는 듯 다정하게 말했다.

"쫄지 마. 우리가 뭘 어쨌는데? 우리가 은수를 괴롭힌 게 뭐가 있는데?"

나는 고개를 끄덕였다. 하지만 속으로는 아니라고 생각했다. 나와 지영은, 아무 생각 없이 거울만 보는 혜라와 함께 은수 말을 씹고, 놀리고, 싫어했다. 괴로워하는 줄 알면서도 도와줄 생각을 하지 않았다.

"담탱이가 왜 우리더러 무조건 빌라는 줄 아니? 우리가 부모님을 학교로 데리고 와서 제대로 따지면 할 말이 없거든. 그러면 자기들만 더 골치 아파진다고. 그래서 그러는 거야."

"넌 부모님 모시고 올 거야?"

"정 안되면 그렇게 해야지."

나는 자신이 없었다. 엄마한테도 새아빠한테도 말하기 싫었고 그 뒤에 일어날 일들도 싫었다. 경찰서에도 가기 싫었다. 중학교 때 어떤 애가 폭행으로 경찰서에 간 적이 있는데 막상 경찰 앞에 앉으니까 자신도 모르게 모든 걸 술술 불게 되더라는 말을 들은 게 떠올랐다. 경찰서에 가서 처벌을 피할 수 없다면 그다음에는 어떻게 되는 거지, 두려운 생각이 사라지지 않았다.

너무나 아름다웠던 마지막 빛

"유서를 썼다지만 은수가 죽었어? 멀쩡해. 중환자실도 아니고 일반 병실에 누워 있잖아. 막말로 정말 죽고 싶으면 아파트 옥상으로 가야지 무슨 약이야, 약이. 그 약은 어디서 났지? 참 신기하네."

나는 아무 말 안 했지만 은수 할머니가 불면증이라는 건 알고 있었다. 아마 할머니 약일 것이다.

"암튼, 우리는 걔가 도둑질했다고 말한 적 없어. 한 번도. 넌 말했어?"

"아니."

"그런데 우리가 왜 처벌받아? 쫄지 마. 쫄면 지는 거야. 걔 할머니 앞이라 말 안 했지만 은수를 누가 믿어?"

지영의 말을 들으면 모든 것이 단순하고 간명해 보였다. 하지만 뭔가가 많이 잘못된 게 분명했다. 왜 이렇게 됐을까.

나는 지영 앞에서 소심하게 보이지 않으려고 애써 표정을 폈다. 레모네이드의 새콤달콤한 맛이 입안 가득히 퍼졌다. 우리는 각자 핸드폰을 꺼내 들고 액정 화면을 들여다보며 한참을 앉아 있었다. 딱히 할 일은 없었지만 집에 가도 마찬가지였다. 공연히 일찍 집에 가면 왜 이렇게 일찍 왔느냐는 잔소리에 시달리기만 할 뿐이다.

오늘은 영어 학원에 가야 하는 날. 나는 학원에서 엄마한테 문자를 보낼까 봐 미리 전화를 걸어 학교 행사 때문에 오늘은 못 간다고 거짓말을 해두었다. 그러니 밤 11시까지는 닥치고 시간을 때워야 했다.

유튜브와 팬픽 카페, 쇼핑몰까지 돌아다녀 봤지만 아무것도 재미가 없었다. 나는 지영을 의식해서 등받이에 몸을 파묻고 가능한 멀찌감치 거리를 둔 채 다이어리 앱을 열었다. 내 불안, 내 우울을 호소할 곳이 필요했다. 내가 걸어둔 동영상을 열어 은수의 건강하던 모습, 아무런 문제가 없었다고 할 수는 없지만 그래도 그럭저럭 친구로 지내던 평화로운 시절의 모습이 보고 싶었다. 그러나 지영 앞에서 은수의 동영상을 열 수는 없었다. 나는 은수의 동영상 아래 메모 기능을 열었다.

> 은짱, 괜찮아? 내가 병원에 갔던 거 알고 있어? 은짱, 미안해. 어서 일어나. 하고 싶은 말은 이거뿐이야. 일어나서 나하고 얘기해. 내가 많이, 정말 많이 잘못했어……. 하지만 나는 네가 도둑질했다고 말한 적 없어. 네가 이걸 알 수만 있다면…….

마치 은수가 내가 쓴 글을 읽어볼 것만 같은 기분이 들었다. 아니 읽지 않아도 은수에게 전달될 것 같은 느낌, 내가 다이어리에 쓰기만 하면 은수가 내 진심을 알아줄 것 같은 느낌이 들어 나는 조급하게 손가락을 움직였다. 미안해, 미안해, 미안해…….

너무나 아름다웠던 마지막 빛

"뭘 써?"

지영이 물었다.

나는 표정도 바꾸지 않고 무덤덤하게 말했다.

"아무것도 아냐. 댓글."

"뭐 재밌는 거 올라왔어?"

"별로."

지영은 피식 웃었다. 마치 내가 하는 바보짓을 알지만 모른 척해주겠다는 듯이. 나는 다이어리 앱을 끄고 다시 무료 웹툰을 열었다. 시간이 째깍째깍 흐르고 있었다. 내 삶의 마지막 시간들이었다. 그 시간들을 나는, 시간이 빨리 지나가기를 바라는 데 썼다. 이윽고 밤 11시가 가까워지자 지영이 일어나자고 말했다. 지영은 다시 내게 다짐을 했다.

"명심해. 우리는 다른 애들한테 은수에 대해 소문낸 거 없어."

전철역에서 지영과 나는 헤어졌다. 지영은 나보다 두 정류장 더 가야 해서 내가 먼저 내렸다. 내가 돌아봤을 때 지영은 폰을 들여다보느라 나를 보지 못했다. 전철의 창백한 불빛을 받은 지영은 더 차갑고 강해 보였다. 지영은 두려움이 없고, 누구에게도 휘둘리거나 끌려다니지 않는다. 무엇보다 지영은 내가 지영을 필요로 하는 것처럼 나를 필요로 하거나 나에게 의지하지도 않는다. 그렇게 생각하자 나는 더 쓸쓸해졌다.

나는 서둘러 전철역 계단을 올라갔다. 비가 조금 전보다 더 세차게 내리고 있었다. 마을버스를 기다리는 대신 근처 편의점에서 비닐우산을 하나 사 들고 나는 집을 향해 터벅터벅 걷기 시작했다. 집까지는 질러가는 길로 가면 1킬로미터 남짓한 거리. 걸을 만했다.

빗줄기 사이로 따스한 바람이 불어왔다. 바람이 너무 상쾌해서 나는 만화영화 주인공처럼 우산을 든 채 허공으로 날아오를 수도 있을 것 같았다. 차들은 잔뜩 속도를 높여 쌩쌩 달려가고 빗방울이 투명한 우산에 부딪혀 토닥토닥 소리를 냈다. 가슴을 누르던 우울한 기분이 잠시 사라지고 나는 이대로 집까지 달려갈 수 있을 것처럼 기운이 솟았다.

엄마 말대로 나는 뭐든지 지속하지 못한다. 은수의 일도 잘 될 것 같았다. 일단 은수의 생명에는 지장이 없고, 학교로 돌아와 내가 사과하면 은수는 받아줄 것이다. 다시는 은수를 싫어하거나 핀잔주지 않고 잘 지내면 되는 것이다. 예전처럼. 앞날은 알 수 없지만 동시에 뭐든지 가능하다. 우리는 얼마든지 예전으로 돌아갈 수 있다. 생각은 현실을 끌어당긴다고 했다. 긍정적으로 생각하자, 긍정의 힘!

나는 일부러 물웅덩이에 발을 첨벙첨벙 집어넣으며 함부로 걸었다. 거리에는 사람이 없었고 상가들도 대부분 문을 닫아 멀리 편의점 불빛만 보였다. 집으로 가는 지름길은 아파트 신축 공사를 하느라 새로 뚫린 지 얼마 되지 않아 가로등도 드물었다. 그래도 늘 지나다니는 길이라 무섭지 않았다. 횡단보도의 마지막 신호등이 마치 나를 기다리고 있다는 듯 파란색으로 깜빡거렸다. 나는 우산을 쥐고 달려갔다. 뭔가가 잘못되었다는 것을 안 것은 바로 그다음 순간이었다.

어떤 강력한 힘이 나를 통과했다. 꽝 하는 소리를 들었는데 그게 내 몸에서 나는 소리 같지 않고 현실감이 없었다. 대신 내 몸 안에서 폭발이 일어난 듯한 충격, 단 한 번도 느껴보지 못했던 충격이 나를 흔들었다.

내 눈앞으로 여러 가지 빛들이 진흙 반죽처럼 엉킨 영상이 동시에 지나갔다. 가로등 불빛, 빗방울, 내 다리, 내가 쥐고 있던 우산, 그리고 허공으로 날아가는 내 핸드폰까지 보였다. 다음 순간 차가운 바닥을 느꼈다. 그 모든 장면이 마치 동시인 것처럼 한꺼번에 일어났지만 정지 화면처럼 하나하나 내 기억에 또렷하게 남아 있다.

나는 내가 죽는다고 생각했다. 그런데 아니었다. 비가 내 몸 위로 떨어지는 것을 느낀 것이다. 아, 살아 있다. 정말 다행이라고 생각했다. 게다가 아무런 아픔도 없었다. 좀 전에는 엄청

난 충격을 느꼈는데 생각 외로 별것 아닌 모양이었다. 아무런 고통 없이 오히려 따뜻하고 아늑한 공기가 나를 감쌌다. 구름 위에 올라앉은 것처럼 내 몸은 가볍고 아스팔트 바닥은 편안하게 느껴졌다. 내 눈앞에서 빗물이 톡톡 떨어졌다.

끈적한 액체가 길바닥 위로 퍼져나가는 것이 보였다. 저건 뭘까. 유화 물감처럼 검고 진한 저것은. 아, 그것은 내 피였다. 내 피가 반짝거리며 천천히 흘러가고 있었다. 내 피가 그렇게 예쁜 빛깔인지 정말 몰랐다. 세상에 처음 나온 피가 공기와 만나면 저토록 반짝이나 보다. 내 피는 빗물에 젖어 불빛을 반사하는 도로를 덮으며 마치 살아 있는 것처럼 움직이며 퍼져나갔다. 내 몸에서 빠져나가 저 멀리 아득한 어딘가에 닿을 것처럼.

그때 문득 어렸을 때 내가 물에 빠져 죽을 뻔했던 기억이 떠올랐다. 그때의 편안함, 아늑함, 그리고 너무나 아름다웠던 미역의 초록빛. 지금과 똑같았다. 아, 그렇다면 내가 죽는 것인가.

누군가 다가오는 소리를 들었다. 나를 병원으로 데려가려나 보다. 그렇다면 이번에도 나는 다시 살아날 것이다. 눈을 감았다 뜨면 나는 병원에 누워 있을 것이고, 내일 학교에 가지 않아도 된다. 부모님을 학교로 부를 필요도 없다. 어쩌면 잘된 일인지도 모른다. 내게 다가온 사람은 한 명이 아니라 여러 명인 것 같다. 알아들을 수 없는 속삭임들, 희끄무레하게 내 주변을 맴도는 그림자들. 저 사람들은 누구지? 물에 빠졌을 때도 본 것 같은데…… 누구지?

나는 기운이 스르르 빠지는 걸 느끼며 눈을 감았다. 눈을 뜨면 병원일 거라 생각하면서.

그냥
떠날 수 없는
사람들

나는 눈을 떴다. 햇빛이 내 망막으로 쏟아져 들어왔다. 눈이 부셔서 나는 다시 눈을 감고 눈꺼풀을 손으로 문질렀다. 다시 눈을 떴을 때 비 그친 거리에 햇볕이 쏟아졌다. 신호등이 바뀌자 달리던 차들이 멈추고 어린아이를 안고 쇼핑을 나온 여인들이 도로를 건너갔다. 가로수의 푸른 잎이 조용한 바람에 흔들리고 향긋한 커피 냄새가 밀려 들어왔다. 어디선가 지저귀는 새소리도 들리는 것 같은 상쾌한 아침.

여기가 어디일까. 나는 주변을 둘러보았다. 어느 커피숍의 테라스였다. 투명한 유리문 너머 실내에는 손님이 없었고 하얀 셔츠를 입은 종업원이 테이블을 정리하고 있었다. 커피숍도 거리도 낯설지 않았다. 눈에 익은 그 풍경은, 내가 늘 지나쳐 다니던 우리 동네 상가였다. 내가 낯익은 곳에 있다는 것, 이상한 장소에 와 있는 것이 아니라는 그 사실만으로 나는 안도감을 느꼈다.

문득 어제 내가 사고를 당했다는 사실이 떠올랐다. 내 몸은 상처 하나 없이 말짱했고 아픈 데도 없었다. 사고를 당한 건 꿈이었을까. 꿈이라면 나는 왜 여기에 있는 것일까. 학교에 가 있어야 할 시간인데. 게다가 나는 여전히 교복을 입고 있는데 내 가방은 보이지 않았다. 가방을 잃어버린 것일까. 나는 테라스에 나와 의자를 정리하는 종업원에게 말을 건넸다.

"혹시 제 가방 못 보셨어요?"

종업원은 내 말이 들리지 않는지 고개도 돌리지 않고 안으로 들어가 버렸다.

"저기요!"

"처음에는 좀 힘들 거야."

나는 고개를 돌렸다. 낯선 남자가 내 옆에 서 있었다. 이십대 초반 정도로 보이는 얼굴인데 차림이 황당했다. 목덜미를 거의 덮을 정도로 머리카락을 길게 기르고, 통이 넓고 허리에 주름이 잡힌 촌스러운 바지에 할아버지나 입을 법한 낡고 커다란 티셔츠를 입고 있었다. 남자는 아무런 양해도 구하지 않고 내 앞에 앉았다.

"뭐라고 하셨어요?"

"처음이라 좀 힘들 거라고. 나도 그랬거든."

"뭐가 힘든데요?"

"네가 죽은 상태라는 걸 받아들이는 거."

"네?"

"너 어젯밤에 사고를 당했잖아."

나에게 무슨 일이 일어났다는 사실은 인정한다. 그러나 이 남자는 좀 심했다. 아침부터 이런 헛소리를 태연하게 늘어놓다니. 옷차림도 그렇고 좀 위험한 사람일지도 모른다는 생각이 들었다. 나는 죄송합니다, 라고 우물거리고는 의자에서 벌떡 일어나 집으로 향했다. 뭔가 찜찜했고, 무섭기도 했다. 남자는 나를 붙잡지도 않았고 쫓아오지도 않았다. 하지만 나를 바라보고 있었다. 나는 태연하게 걸어가려고 했지만 몇 발자국 떼지 않아 마구 달리기 시작했다.

그 이상한 남자 때문에 내가 꽤 긴장했나 보다. 그렇게 힘껏 달리는데도 숨이 가빠지거나 지치지 않았다. 평소 같으면 100미터도 못 가 숨을 헐떡거리던 내가. 운동이라면 젬병이던 내가.

내가 사는 빌라가 보이자마자 반가워서 눈물이 날 것 같았다. 엄마와 새아빠가 나를 찾느라 밤새 난리가 났을 것이다. 집에 돌아가면 정말 한 대 맞을지도 모른다. 하지만 나는 사고를 당해 의식을 잃고 커피숍 테라스에서 잠이 들었을 뿐이다. 내가 어떻게 거기까지 갔는지, 사고를 당했는데도 왜 멀쩡한지 모르겠지만 어쨌든 엄마도 내 사정을 알면 이해해줄 것이다.

나는 빌라로 이어지는 오르막길을 단숨에 달려 올라갔다. 경비 아저씨가 재활용 쓰레기를 정리하고 있었다.

"안녕하세요!"

나는 기분이 좋아 크게 외치고는 엘리베이터로 달려갔다. 마침 어떤 아주머니가 엘리베이터에 올라 층수 버튼을 누르려는 참이었다. 나는 "잠시만요." 외치며 안으로 뛰어 들어갔다.

"감사합니다."

아주머니는 아무 말도 하지 않았다.

"안녕하세요."

아주머니는 뚱한 얼굴을 하고는 아무 말도 하고 싶지 않은 표정이었다. 나는 그제야 층수 버튼을 누르지 않았다는 것을 알고는 4층을 눌렀다. 불이 들어오지 않았다. 버튼이 고장 났나. 나는 몇 번이나 다시 눌렀지만 마찬가지였다.

그 순간 나는 층수 버튼이 붙어 있는 스테인리스 보드에 내 모습이 비치지 않는다는 것을 알았다. 엘리베이터 안에서 언제나 거울 대신 내 모습을 비춰 보았었는데. 뭔가, 뭔가 대단히 잘못되었다…….

그때 엘리베이터가 멈추고 아주머니가 내렸다. 엘리베이터 층수 화면에는 다시 1층으로 간다는 표시가 떴다. 나는 황급히 아주머니 뒤를 따라 내렸다. 그러고는 비상계단으로 향했다. 내가 내린 곳은 2층. 나는 4층까지 계단을 단숨에 올라갔다. 눈물이 나올 것 같았다. 엘리베이터 안의 스테인리스 보드는 어쩌면 반사되지 않는 새것으로 교체됐는지도 모른다.

그런데 왜 이렇게 나는 잘 뛸까. 왜 심장이 쿵쾅거리지 않는 것일까. 너무 놀라서 그런 걸 거야. 긴장하면 몰랐던 힘이 나올 수 있는 거니까.

나는 애써 나를 달래며 집 앞 현관문 앞에 섰다. 숨은 전혀 가쁘지 않았지만 그래도 심호흡을 했다. 현관문은 잠겨 있었다. 버튼키를 눌렀지만 작동하지 않았다. 나는 손잡이를 잡고 문을 흔들어보았다.

"엄마, 엄마!"

도대체 어디로 간 걸까, 엄마는. 맞아, 나를 찾으러 간 걸 거야. 지금쯤 나를 찾아 헤매고 있을 거야.

핸드폰으로 전화를 하려고 했지만 가방도 폰도 없었다. 현관문을 붙잡고 있는 내 손목이 보였다. 엄마가 준 염주 팔찌가 그대로 채워져 있었지만 구슬은 다 깨진 상태였다. 그러니까 사고는 꿈이 아니라 분명히 일어났던 것이다.

아니야, 아니야, 나는 속으로 외쳤다. 사고가 일어났다 하더라도 털끝 하나 다치지 않고 멀쩡할 수도 있잖아. 얼마 전 12층 건물에서 떨어졌는데도 사람이 무사했다는 뉴스를 본 적이 있었다. 기적 같은 일, 정말 믿을 수 없는 일도 분명 어디에선가 일어나고 있다. 그편이 내가 죽어서 지금 귀신이 되어 있다는 것보다는 더 말이 된다. 어쩌면 이게 모두 꿈일지도 모른다. 맞아, 내가 아직도 꿈을 꾸는 것이고, 나는 꿈에서 깨어나기만 하면 되는 거야.

"꿈이라고 생각하면 머리를 부딪쳐봐. 간단해."

나는 뒤를 돌아보았다. 커피숍의 남자가 내 뒤에 서 있었다. 나는 비명을 질렀다. 도대체 이 남자가 나를 어떻게 쫓아온 것일까. 이 남자의 정체는 뭔가. 나는 현관문을 잡아 흔들며 엄마를 외쳐 불렀다. 남자의 말 때문이 아니라 너무 다급해서 온몸을 문에 부딪쳐보기도 했다. 꿈이라면 그만 깨고 싶었다. 하지만 꿈은 깨지 않았고, 문도 열리지 않았다. 그는 안쓰럽다는 듯 나를 바라보고 있었다. 나는 마치 문이 열려 집 안으로 들어가기만 하면 모든 것이 해결될 것처럼, 엄마 얼굴만 보면 모든 일이 끝날 것처럼 문을 흔들며 엄마를 외쳐 불렀다.

엄마. 엄마!

엄마가 내 옆에 있었다. 뭐가 어떻게 된 일인지 모르겠지만 분명 엄마가 내 옆에 앉아 있었다.

"엄마!"

엄마가 고개를 돌려 나를 쳐다봤다. 아니 나를 본다고 생각했다. 하지만 엄마의 시선은 내 등 뒤 허공에 걸려 있었다. 새아빠였다. 새아빠는 어떤 남자와 이야기 중이었다. 몹시 심각한 이야기라는 것은 표정만 보고도 알 수 있었다. 새아빠의 얼굴에는 핏기가 하나도 없었다. 하룻밤 새 미라라도 된 듯 두 눈이 퀭했다. 엄마에 비하면 새아빠는 그래도 정상이라고 할 수 있었다.

엄마는, 엄마는 유령 같았다. 나는 유령을 한 번도 본 적이 없지만(그때까지는 커피숍의 남자가 유령이라고 믿지 않았다.) 꼭 그런 얼굴일 것 같았다. 눈에는 초점이 없고 바닥에 주저앉아 온몸이 허물어지기 직전이었다. 아니 이미 허물어진 몸을 누군가 벽에 기대 세워놓은 것 같았다. 마치 무거운 코트가 벽에 걸려 있는 것처럼 엄마도 거죽만 벗겨 그 자리에 놓아둔 것 같았다. 손가락만 대면 쓰러질 것 같아서 나는 엄마를 잡지도 못했다.

대단히, 대단히 나쁜 일이 일어났다. 나는 이제야 확실하게 알 수 있었다. 그러나 그 '나쁜 일'의 정체가 뭔지, 내용이 뭔지는 아직 알 수 없었다. 아니, 아직 받아들일 수 없었던 것이리라.

나는 엄마의 어깨에 기대앉았다. 엄마의 팔에 손을 얹자 엄마의 체온이 느껴졌다. 그것이 환영이었다는 것을 지금은 알고 있다. 그로부터 얼마 뒤, 내가 커피숍의 남자, 즉 기훈 오빠와 가까워졌을 때 오빠는 나에게 죽은 지 얼마 되지 않은 '영'은 살았던 기억이 아직 선명하게 남아 있어서 거의 모든 감각을 그대로 느낀다고 말해주었다. 하지만 그것은 점점 희미해진다고. 그러나 그때는 내 손에 고스란히 느껴지는 엄마의 체온이, 엄마의 살이 내가 여전히 살아 있다는 증거라고 믿었다.

나는 모든 기대를 모아 엄마를 불렀다.

"엄마, 나한테 무슨 일이 일어난 거지? 엄마, 내가, 내가 죽은 거야? 아니지?"

엄마의 속눈썹이 마치 내 목소리를 들은 것처럼 파르르 떨렸다. 나는 엄마 손을 잡았다. 엄마는 내 손길을 느끼지 못했다.

"엄마, 말 좀 해봐. 내가 안 보여? 안 들려? 나 여기 있잖아, 바로 엄마 옆에! 나 좀 보라고! 나한테 말 좀 하란 말이야!"

나는 다시 흥분해서 소리를 질렀다. 엄마가 아무런 반응을 하지 않아 더욱 흥분해서 마구 악을 썼다. 엄마의 눈이 꿈틀거렸다. 돌아보니 어떤 남자가 하얀 국화꽃으로 테두리를 장식한 커다란 사진을 들고 들어왔다. 사진 속의 얼굴은 나였다. 학생증에 붙어 있는 내 얼굴. 가슴에는 '오나연'이라는 이름표가 선명했다. 엄마는 그 사진이 마치 나라도 되는 것처럼 붙잡으려고 손을 뻗었다. 그러나 그 손은 이내 허공에서 사라져 버렸다. 엄마가 쓰러진 것이다.

"여보."

새아빠가 달려와 엄마 얼굴을 두드렸다. 새아빠와 이야기를 나누던 사람이 병원 직원을 데리고 오겠다며 달려 나갔다.

"여보, 여보, 정신 차려."

새아빠는 엄마의 얼굴과 팔을 주무르며 말했다. 사진을 든 남자는 엄마와 새아빠를 힐긋거리면서 하던 일을 계속했다. 그는 마치 그런 일이 충격적이지도 않고 드문 일도 아니라는 듯 내내 무뚝뚝한 표정이었다. 그는 내 사진을 나무로 만든 대 위에 올려놓았다.

나는 사진을 쳐다봤다. 사진 속의 나는 활짝 웃고 있었다. 마치 언제까지라도 웃고만 있을 것처럼. 내 머릿속에 하나의 문장이 또렷하게 떠올랐다.

나는 죽었다.

그렇다. 죽음, 그것이 나에게 일어난 일이다. 생각해보면 그다지 복잡하지도 않은 사실이었다. 오늘 아침부터 내가 겪었던 모든 일들. 지금 내가 있는 이 장소. 내가 부정하고 싶어도 영안실이라는 사실이 명백했다.

재작년에 외할머니의 장례식을 치러봤기 때문에 나는 잘 알고 있었다. 어젯밤 나는 죽었고 아직 시간이 일러 입관조차 끝나지 않은 것이다. 좀 있으면 손님들이 몰려들 것이다. 친척들과 엄마 새아빠의 친구들, 내 친구들 그리고…….

갑자기 내 몸 안 어느 부위가, 정확히 어디인지 잘 모르겠지만 몹시 아팠다. 꿈틀거리는 것 같고 끊어지는 것 같기도 했다. 하지만 나는 아미 죽었으니 아픔 따윈 신경 쓸 필요가 없다.

저녁이 되자 문상객이 몰려왔다. 새아빠는 그들을 맞이하고 맞절을 나누었다. 문상객들은 어떤 위로를 건네야 할지 몰라 당황하는 기색이 역력했지만 결국 비슷한 말들을 건넸다.

"좋은 데 갔을 거예요. 힘내세요."

쳇, 알지도 못하면서.

"그래도 산 사람은 살아야지. 그래야 나연이도 편하게 눈을 감지."

그러면 옆에 있던 사람은 이렇게 말했다.

"산 사람이 걱정이지, 죽은 사람이야 눈감으면 끝이잖아."

눈감으면 끝이라는 건 도대체 무슨 근거일까.

나는 문상객들의 선의를 믿었지만 화가 나고 심사가 뒤틀리는 건 어쩔 수 없었다.

중학교 때까지만 해도 나는 종종 엄마와 같이 케이블 방송의 흘러간 영화들을 보곤 했다. 사후 세계를 다룬 영화들도 있었다. 그 영화 속에서 죽은 자의 혼들은 비탄이나 공포에 빠지지 않고 자신이 죽었음을 바로 받아들였다. 그들은 마치 넘기 힘든 어떤 경계를 넘어선 것처럼 담담하게 자신이 남기고 온 산 사람들을 바라보았고, 죽음 이후의 세계는 평화롭게만 보였다. 마치 삶과 죽음이라는 선 하나만 넘으면 모든 미련과 아쉬움, 슬픔과 고통을 초월하는 것처럼.

그러나 아니다. 나는 내가 죽었다는 사실을 받아들일 수 없었다. 내가 죽은 것은 대단히, 아주 대단히 잘못된 일임에도 불구하고 나를 제외한 모든 사람이 장례 절차라는 명목 하에 내 죽음을 기정사실로 받아들이는 태도에 화가 나고, 무섭고, 고통스러웠다.

내 고통이 너무 생생해서 나는 여전히 내가 살아 있다고 믿을 수밖에 없었다. 영화나 판타지 소설처럼 어떤 신비한 일이 일어나 내가 잠시 죽은 것으로 설정되어 있을 뿐, 나는 여전히 살아 있고 그래서 모든 것을 보고 느끼고, 조만간 나는 다시 원래대로 돌아갈 것이다. 그렇다면 나는 누군가에게 도움을 청해야 하고, 내가 이런 상태에 처했다는 사실을 알려야 하는데 나는 그 방법을 알지 못했다. 나는 장례식장 구석에 웅크리고 누구 하나 내가 그곳에 버젓이 있는데도 알아보지 못한다는 사실에 부들부들 떨며 문상객들을 노려보았다.

새아빠를 찾아오는 건 문상객만이 아니었다. 장례 절차를 진행하는 사람들도 여러 차례 새아빠에게 다가와 이것저것 물었다. 나는 화장하는 것으로 정해졌는데, 내게 입힐 마지막 옷이며 관, 화장할 장소(그런 곳에도 일반실과 특실이 나눠져 있다는 사실에 나는 놀랐다.) 등등의 가격을 말해주고 결정하게 했다.

"따님이 마지막 가시는 길인데 좋은 걸로 해주셔야죠."

장례업자가 그렇게 말하자 이모가 나섰다.

"됐어요. 그냥 중간 걸로 해주세요. 화장은 일반으로 해주시구요. 태워버리면 그만일 관인데 굳이 비싼 것 필요 없어요."

그래도, 라며 여운을 주는 장례업자의 말을 이모는 칼같이 잘랐다. 나는 거의 모든 것에 대해 화가 났지만 수의 따위는 상관없었다. 내 수의를 보지도 못했지만 그걸로 멋 부리고 친구들을 만날 것도 아닌데 좋고 값비쌀 이유가 없었다.

경찰도 왔다. 젊은 형사 한 명과 제법 나이 든 형사 한 명이 같이 왔다. 그들은 새아빠를 조용한 다른 방으로 데리고 가서 여러 가지 질문을 했다. 내가 왜 그 시간에 그 길을 건넜느냐, 늘 그리로 다니느냐, 혹 원한이나 앙심을 품을 사람은 없느냐 등등.

"앙심이라뇨? 그럼 이게 고의적인 사고라는 말씀입니까?"

"저흰 다만 모든 가능성을 열어놓고 수사를 할 뿐입니다. 단순 뺑소니라고 생각하지만 만약의 경우도 있으니까요."

새아빠는 잠시 생각하더니 소송 중인 사람의 이름을 댔다.

"저하고 사업을 하다 갈라선 사람인데 지금 소송 중이거든요. 제가 이길 것 같아요. 최근에 결정적인 증거를 확보했거든요. 제가 받은 차용증서가 있어요."

"혹 그 사실을 소송 당사자도 알고 있습니까?"

"그럴 수도 있죠. 근데 그렇다고 제 아이를 차로 치어요?"

"일단 소송 상대방 이름과 연락처 좀 가르쳐주세요."

새아빠는 폰을 열고 연락처를 불러주었다.

"목격자는 아직 찾지 못했나요? CCTV나 블랙박스는요?"

"늦은 밤인데다 공사장 주변 외진 길이라 목격자는 아직 없습니다. 인근 CCTV를 뒤지고 있으니 뭔가 나오겠죠."

경찰이 돌아가자 친구들이 몰려왔다. 나는 친구들을 보지 않았다. 나는 **내가 완전히 죽지 않았다**고, 상태가 조금 다를 뿐 **나는 살아 있다**고 믿었기 때문에 친구들을 보고 그렇게 마음이 상할 줄은 몰랐다. 의외였다. 그리고 정말 비참했다.

우리 반 아이들이 대부분 영안실로 왔다. 미술부 아이들도 왔고 민재를 포함한 다른 반 아이들도 있었다. 심지어 교실에서 나와 제대로 말 한 번 나눠보지 않은 성아도 왔다. 성아는 은수 이전에 지영의 미움을 받는 역할이었다. 성아는 늘 혼자서 핸드폰만 쳐다봐 지영은 그 애를 아주 재수 없어 했다. 그러든가 말든가 성아는 꿈쩍도 하지 않아 더 싫었을 것이다. 성아까지 온 걸 보면 학교에서 단체로 야자를 면제해준 모양이었다. 야자를 째고 싶어서 나한테 왔겠지. 나는 심술이 나서 그렇게 악의적으로 해석했다.

아이들은 숫자가 너무 많아 두 패로 나뉘어 분향을 했다. 대표 격인 친구가 향에 불을 붙였고 아이들은 돌아가며 국화꽃을 내 사진 앞에 두었다. 한 명이 흐느끼기 시작하자 다른 아이들은 전염이라도 된 듯이 일제히 울었다.

아이들이 어느 정도 울고 나자 이모는 가서 밥을 먹으라고 권했다. 아이들은 식당으로 몰려갔다. 처음에는 슬픔 때문에, 혹은 슬픔을 보여야 한다는 예의 때문에 조심스럽게 숟가락질을 하던 아이들은 이내 부지런히 수육과 떡을 먹었다. 누군가 수육이 맛있다고 하자 너무 많이 먹는다며 핀잔을 주었고, 그 말에 다들 조금 웃기도 했다.

"나연이 고기 되게 좋아했는데……."

그렇게 말한 건 지영이었다. 지영은 울어서 퉁퉁 부은 눈으로 말없이 식탁 끝에 앉아 있었다. 그 모습은 조금이나마 위로가 되었다. 언제나 시큰둥하고 쌀쌀맞던 지영이 얼굴이 퉁퉁 붓도록 눈물을 흘린 것이다. 지영은 음식을 거의 먹지도 않고 가만히 앉아 있었다. 지영 때문에 다시 숙연해진 아이들은 조용히 밥을 먹었다. 그 속에 민재도 있었다. 민재는 몇몇 남자애들과 나란히 앉아 있었다. 친척 어른이 다가와 오늘은 괜찮다며 남학생들에게 맥주를 부어주었다. 민재는 입만 축였다. 어떤 남학생은 원샷으로 잔을 비웠다.

"야, 술 안 줬으면 밥상 뒤집어엎었겠다."

여학생들이 핀잔을 주자 다시 웃음이 흘러나왔다. 아이들은 소곤거리듯 나에 대해 말하기 시작했다. 나와 관련된 추억들, 어쩌면 내가 죽지 않았다면 기억 속에서 꺼내지 않았을 사소한 일들.

나연이가 중학교 때 나랑 운동장 청소한 적 있었거든……. 지난번 학예회 준비할 때 나연이가 그림 그렸잖아, 그때 내가 거들었는데 말이야…….

내가 기억하는 내용도 있고, 전혀 모르는 것들도 있었다. 아이들도 그때야 비로소 생각난 듯했다. 아이들은 나에 대한 사소한 기억까지 모두 꺼내 지금의 슬픔을 증명했다.

문득 나는 아이들이 나에 대해 말하고 있는 것이 아니라 자신에 대해 말하고 있다는 것을 알았다. 그들 자신의 슬픔과 충격에 대해. 아이들은 나의 죽음이라는 일상에서 쉽게 겪어보지 못한 사건이 가져다준 충격 때문에 어느 정도는 흥분한 상태였고, 슬픔 때문에 특별한 어떤 순간을 지나가고 있었다. 그래서 그 슬픔이란 어느 정도는 달콤하고 낭만적인 무엇이었다.

나는 지난가을 중학교 동창이 자살했던 시간을 떠올렸다. 가까운 친구도 아니었지만 자살이라는 소식은 충격적이었다. 나와 은수를 비롯해 중학교 동창들은 모두 그 애 장례식에 가려고 했지만 가족이 조용히 치르고 싶다며 거절했다.

우리는 격분했다. 자살한 친구에 대한 온갖 소문과 억측, 왜곡된 기억 들이 모두 불려나왔다. 그 애 부모는 친구를 너무 엄하게 단속했다. 성적에 집착해 비인간적인 처사를 마다하지 않았는데, 일례로 시험 기간에는 방에 가둬놓고 방문을 자물쇠로 채운다는 것이다. 그 애의 비극, 그 애의 아픔은 사실 여부가 불분명했지만 쉽사리 우리의 비극과 아픔이 되었고, 우리는 감정에 복받쳐 우리끼리 그 애의 추모식을 치르기로 했다.

토요일 밤늦게 학원을 마치고 우리는 동네 공원 구석에 모였다. 모두 양초를 켜 들고 그 애를 위해 기도를 하고 묵념을 하기로 했다. 양초가 자꾸 꺼지는 바람에 우리는 핸드폰에 촛불 앱을 다운받기로 했다. 앱을 다운받기 위해 와이파이가 되는 지역으로 이동해야 했고, 아이폰 앱이 좋냐 안드로이드 앱이 좋냐 한바탕 입씨름을 했다.

그런 난리를 치고 공원 구석에 자리 잡았을 때 나는 그 친구 얼굴도 제대로 기억하지 못한다는 것을 깨달았다. 윤곽은 희미하게 떠올랐지만 눈, 코, 입의 생김새는 안갯속인 듯 흐릿했다. 나는 양심의 가책을 느꼈고, 그 애를 떠올리려고 애를 썼다. 모여 있던 친구들 중 한 명은 초딩 때부터 그 애와 꽤 친했던 탓에 양초 앱을 켜 들고 고개를 떨군 채 마구 흐느꼈다.

나는 슬픔이 부러웠다. 울고 있는 친구는 슬픔과 눈물 때문에 특별해 보였고, 인생의 중요한 순간을 맞고 있는 것 같았다. 몇몇 친구는 울고 있는 그 애를 달래며 같이 울었다. 나도 울었지만 자살한 친구 때문은 아니었다. 나는 울고 싶고, 슬프고 싶어서 울었다. 성적과 입시와 암담한 미래를 떠올리며 눈물의 동력을 유지했다. 어느 정도 울고 나자 우리 모두는 좀 쑥스러워졌다. 그래서 별다른 이야기를 하지 않은 채 앱을 끄고 집으로 돌아갔다.

그날 밤 나는 내 방 침대에 누워 삶과 죽음에 대해 막연하게 생각해보았다. 종말, 아침이 오지 않는 잠에 드는 것, 나를 위해 울어줄 사람들의 눈물과 아픔, 영원한 침묵⋯⋯. 나는 사라지고 없는데 세상은 그대로 이어지고 나만 빼고 모두가 그대로 살아간다는 것. 선뜻 상상이 되지 않았다. 나는 살아 있었고 내일 아침이면 일어나 도서관으로 가야 했다. 그것은 내가 알던 어떤 이가 죽었고, 죽음 이후에 대해 내가 아무것도 알지 못하는 것만큼이나 분명하고 확실했다. 나는 내가 죽지 않고 살아 있음에 안도했다.

내 죽음을 슬퍼하기 위해 찾아온 친구들도 마찬가지일 것이다. 내가 혼령이라고 해서 그들의 마음을 다 읽을 수 있는 것은 아니다(나는 혼령이라는 것이 그렇게 대단한 존재가 아니라는 것을 이미 눈치채기 시작했다.). 그 애들도 내가 그랬던 것처럼 어느 정도는 슬픔을 즐기는 상태라는 것을 알 수 있었다.

하지만 나는 내 친구들을 비난할 수 없었다. 어쩌면 그것은 내가 다시는 가질 수 없는 산 자의 권리인지도 모른다. 삶이란 모든 감정을 꾸역꾸역 먹어치우며 그 에너지로 움직이는 것인지도 모른다. 단지 나에게만 그 권리가 박탈된 것이다.

"어제 미술실에서 나연이를 만났어. 다이어리 앱에 뭔가 쓰고 있던 것 같았어. 그 모습이 마지막이었다니."

민재의 말에 다시 모두가 숙연해졌다. 민재는 맞은편의 지영에게 콜라를 부어주었다. 지영은 고맙다고 조그맣게 말하고는 콜라를 마셨다.

아, 나도 콜라가 먹고 싶다. 입안 가득 달콤함을 느끼고 싶다. 나도 친구의 죽음을 애도하며 슬퍼하는 저 밥상 귀퉁이에 같이 앉아 있고 싶다. 나는 도저히 그곳에 더 머물지 못하고 밖으로 뛰쳐나왔다.

바깥은 밤이었다. 장마 전의 습기 많은 바람이 불고 있었다.

왠지 밤 풍경이 어색하고 낯설었다. 와본 적 없는 동네여서가 아니었다. 어디에서나 볼 수 있는 6차선 도로, 익숙한 모양의 건물들, 무신경하게 그 앞을 지나치는 사람들.

그러나 눈에 익지 않은, 어딘가 어색한 모습의 사람들이 곳곳에 보였다. 멍한 표정과 느릿느릿한 걸음걸이. 어떤 이는 도로 한가운데 멍하니 서 있고, 비웃는 듯한 웃음을 흘리며 함부로 화단에 앉아 있는 사람도 있었다.

나는 그들이 죽은 자들의 혼령이라는 것을 알았다. 살아 있던 내 눈에는 보이지 않던 그 모습들이 혼령이 된 내 눈에 또렷이 보였다. 나는 갑자기 두려움에 휩싸여 뒷걸음질했다. 다가가면 위험할 것 같았고, 그들과 어울리고 싶지 않다는 거부감이 나를 휩쌌다.

화단에 앉아 있던 한 혼령이 내 표정을 봤는지 내게 다가왔다. 그는 다른 혼령들에 비해 유난히 악의적이고 비웃는 듯한 미소를 짓고 있었다.

"신참이구나. 아직 아플 수 있겠네."

그의 얼굴에서 갑자기 비웃음이 사라졌다. 그러고는 잔뜩 사나운 표정으로 돌변해 팔을 치켜들곤 사정없이 나를 후려쳤다. 나는 느닷없는 가격에 충격을 먹고 길바닥에 주저앉았다.

"우리 아픈 걸 나눠 가지자."

그의 발이 내게 날아왔다. 나는 몸을 웅크리며 비명을 질렀다. 누가 내 비명을 들어줄까, 하는 생각이 스친 순간 "왜 이래요?" 하는 목소리가 들렸다.

커피숍의 남자였다. 그는 나를 패던 남자의 팔을 붙잡고 밀쳐냈다. 힘에서 밀린 남자는 우리를 향해 무시무시한 욕설을 퍼부으며 사람들과 혼령들 속으로 사라졌다.

"이제 괜찮을 거야."

나는 덜덜 떨며 여전히 길바닥에 주저앉은 채 그를 쳐다봤다. 그는 내 손을 잡아 일으키고는 병원 뒤 골목으로 데리고 갔다. 나는 멍한 채로 그가 이끄는 대로 쫓아갔다. 빌라와 꼬마 빌딩들이 늘어서 있고, 카페에서 흘러나오는 불빛이 더없이 다정해 보였다. 그는 어느 커피숍 앞에 놓아둔 긴 의자에 앉았다. 그는 커피숍을 좋아하는 모양이었다.

"이름이 뭐예요?"

그제야 나는 물었다.

"내 이름은 정기훈이야. 너무 오랫동안 들어보지 못해서 이제는 나도 내 이름이 낯설어."

"언제 죽었는데요?"

"그러니까……. 삼십 년 전쯤? 당시에 나는 스물둘이었어. 지금도 그렇긴 하지만."

나는 그의 자기소개 같은 말이 귀에 들어오지 않았다. 나는 의자에 앉지 않고 그를 노려보았다. 이유 없이 그에 대한 반발

감이 치솟았다.

"나한테 왜 이러세요?"

"내가? 나는 아무 짓도 하지 않았어!"

"아침에는 우리 집까지 쫓아오고, 병원까지 날 쫓아왔잖아요."

"걱정이 돼서 따라가 본 거야. 초보자들은 몹시 혼란스러워하거든. 그래서 실수할 때도 있고. 아, 그리고 꼭 내 의지로 널 쫓아간 것도 아냐. 너도 겪어봤겠지만 머릿속으로 뭔가를 열심히 생각하면 저절로 그 장소나 어떤 사람 옆에 가게 돼."

그는 침착하게 말했다. 납득이 됐지만 납득하고 싶지 않았다. 화가 나서, 정말이지 부글부글 끓어오를 정도로 화가 나서 터트릴 대상이 필요했다. 나는 억지를 부렸다.

"아저씨죠? 아저씨가 차로 나를 치었죠?"

그는 웃었다.

"내가 너보다 삼십 년 이상 먼저 태어나긴 했지만 그래도 아저씨라고 불릴 외모는 아니잖아? 웬만하면 오빠라고 불러."

"농담, 하나도 재미없어요. 대답이나 하세요. 아저씨가 나를 치지 않았다면 누가 이런 거예요?"

"나연아."

"내 이름은 어떻게 알았어요?"

그는 손가락으로 교복에 붙은 내 이름표를 가리켰다. 그래도 나는 그가 무슨 뻔뻔한 짓이라도 저지른 것처럼 그를 노려 보았다.

"잘 들어. 아침에도 말했지만 처음에는 좀 힘들 거야. 너는 죽었고 지금 영만 남아 있다는 현실이 괜찮아질 때까지 한참 걸릴 수도 있어. 그건 자연스러우니까 상관없지만 명심할 건 여기도 좋은 영들이 있고, 또 그렇지 않은 영들이 있다는 거야. 네 멋대로 하고 다니다간 쓸데없는 고통을 겪을 수 있어. 그것만 조심해. 일단, 네가 초보인 티만 너무 내지 않아도 대부분의 위험은 피할 수 있어. 조금 전처럼 못돼먹은 영들, 쟤들은 폐차장 애들인데 주로 초보를 노려."

나는 그의 말이 쉽게 이해되지 않았다. 그가 영이라고 부르는 게 죽은 자의 혼령이라면, 혼령이 무슨 고통을 겪고 왜 다른 혼령을 괴롭힌다는 것인가. 그는 내 속을 읽은 것처럼 계속 말했다.

"너는 영이 어떻게 고통을 느끼는지 의아하게 여길 거야. 나도 왜 그런지는 몰라. 나도 그냥 경험으로 알게 된 걸 너한테 말해주는 것뿐이야. 너는 지금 이 세상이 다 보이고 들리지? 마찬가지야. 네 감각은 그래도 살아 있기 때문에 아프고 슬프고 고통스러운 걸 그대로 느낄 수 있어."

"시간이 지나면 감각도, 고통도 사라지나요?"

"육체적으로는 못 느껴. 그러나 기억은 하지. 역설적이긴 한데 고통이 없으면 아무런 즐거움도 없거든. 짜릿함도 없고. 조금 전처럼 영이 다른 영들을 괴롭히는 이유는 그럴 때 잠시 자신도 고통을 같이 느끼기 때문이야. 고통이 사라지면서 잠시 느끼는 짜릿함을 찾는 거지."

나는 혼란스러웠다. 다른 영들이 뭘 느끼는지는 관심이 없었고 당장은 나, 나의 상태가 궁금했다.

"이해가 안 돼요. 죽은 후에도 모든 걸 그대로 느낀다면 죽은 게 무슨 소용이죠?"

"그건 '소용'과는 상관이 없어. 왜 그런지는 나한테 묻지 말아줘. 이유는 나도 모른다고 했잖아."

"죽으면 다 영이 되나요?"

"그건 아냐. 만약 그렇다면 영이 이렇게 드물지 않겠지. 어떤 사람들은 그냥 사라져. 여기 오는 사람들은…… 뭐랄까. 그냥 떠날 수 없었던 사람들이야. 나도 오랜 시간이 걸려 그걸 알았어. 나한테는 너처럼 설명해주는 사람도 없었으니까."

"아, 그래요?"

나는 여전히 시큰둥하고 공격적인 어투로 대꾸했다. 나는 그의 말을 주의 깊게 들었고 설득당하고 있었지만 다른 한편으로 참 말 같지도 않은 소리라고 여겼다. 나는 속으로, 당신이 뭐라고 한들 그렇게 쉽게 넘어가지는 않을 거야, 라고 외치고 있었다.

"그러니까 너나 나나, 그리고 여기 있는 영들은."

"영? 왜 그렇게 불러요?"

"다들 그렇게 부르니까. 외국 애들은, 이유는 모르겠지만, 킵이라고 그러더군."

"외국 애들? 그러니까 전 세계 영들이 다 여기로 모여요? 귀신들이 모의 유엔이라도 벌이나요?"

나는 킥킥 웃었다. 비웃어주고 싶었고, 그가 내 웃음소리를 듣고 불쾌해지길 바랐다. 하지만 그는 전혀 그런 내색 없이 진지하기만 했다.

"아냐. 영들은 자기들이 원하는 대로 갈 수는 있지만, 어디로 가겠어? 영들이 세계 일주나 관광을 하고 싶어 할까? 물론 드물게 세계를 돌아다니는 영도 있어. 세계를 다 둘러봐야만 직성이 풀리겠다는, 뭐 그런 영들도 있을 수 있으니까. 하지만 대부분은 자기가 살던 곳 주변에 머물게 되는 거지."

"아, 이거 재밌네. 그럼 수능 전국 일등을 찍어야겠다고 결심한 영은 수능을 다시 보나요?"

그는 고개를 끄덕였다.

"실제로 그런 애를 봤어. 도서관에서 들입다 수능 공부를 하더군. 하지만 여기서 공부라는 게 더 이상 의미가 없다는 걸 알고는 포기했는지 사라졌어."

"포기하면 사라지나요?"

"포기라는 단어가 딱 맞는 건 아냐. 뭐라고 해야 할까. 그게 체념이든, 혹은 다 내려놓은 것이든, 이름을 뭐라고 붙이든 더 이상 이곳에 있을 이유가 없다고 느껴지면, 정말로 그렇게 느끼게 되면, 너는 사라져. 내가 수동태로 말했다는 걸 명심해. 이 상태는 노력해서 되는 게 아니라 내 의사와는 상관없이 그렇게 되는 거야."

"사라져서 그다음에는 어디로 가요?"

"그건 나도 몰라. 다른 세상이 또 있는 건지, 아니면 그땐 정말로 소멸하는 건지."

나는 포기하지 말아야지, 체념하지 말아야지, 라고 생각했다. 그렇게만 하지 않으면 나는 이대로, 여기, 이 익숙한 거리에서 계속 남아 있는 것이다.

뭔가 위로가 되고 안도감이 들었다. 내가 살아 있을 때와 똑같지는 않겠지만 어쨌든 나는 존재하는 거니까. 힘든 것도 있겠지만 좋은 점도 없는 게 아니다. 나는 시험공부를 할 필요도 없고, 아프거나(아플 수 있다고 했으니 이건 조심해야 할 것이다.), 병에 걸리지도 않을 것이다. 먹고사는 걱정을 하지도 않을 것이고, 루저나 잉여로 낙인찍히는 일도 없을 것이다.

엄마와 새아빠가 슬퍼하겠지만 어떻게든 내가 영으로 남아 있다는 것을 안다면 훨씬 위로가 되지 않을까. 쉽게 생각하면 나는 일종의 투명인간, 늙지도 병들지도 않는 투명인간인 것이다. 어떻게 하면 엄마와 새아빠에게 이 사실을 알릴 수 있을까.

"그렇지만 산 사람과 교신할 수 있는 방법은 없어."

그가 다시 내 생각을 다 안다는 듯 조용히 말했다.

"그래요?"

나는 새침하게 말했다. 그가 내 생각을 읽는 것에 짜증이 났다. 무엇보다 그는 내 희망을 무너뜨리고 있는데, 그가 다 옳다는 법도 없다고 생각했다.

"너도 이미 알잖아. 산 사람들은 널 볼 수도, 들을 수도 없어. 너는 어디든 갈 수 있지만……. 산 사람들의 세계를 아무리 두들겨도 아무것도 반응하지 않아."

나는 엘리베이터 버튼이 작동하지 않던 장면이 떠올랐다.

나는 소리쳤다.

"아니에요! 내가 문을 두드렸을 때 소리가 났다고요. 분명히 들었어요!"

"그래, 처음에는 모두 그렇게 느껴. 하지만 그건 네 환청이야. 살았던 습관이 아직 강하게 남아 소리가 나는 것처럼 느끼게 만드는 거야. 하지만 네가 하루 종일 문을 흔들어도 아무도 듣지 못해. 너는 산 사람들과 완전히 끊어졌어. 이곳은 네가 살던 곳과 똑같아 보이지만……. 곧 알게 될 거야. 여긴 완전히 다른 곳이야."

"거짓말. 내가 왜 그 말을 다 믿어야 되죠? 내가 왜?"

나는 화가 폭발해서 소리를 질렀다. 그는 내 말에 아무런 반응도 없었다.

나는 벌떡 일어나 달려와 버렸다. 길을 건너다 돌아보니 그는 커피숍 긴 의자에 물끄러미 앉아 있었다. 할 일 없는 인간! 헛소리나 해대는 인간!

그러나 그는 인간이 아니다. 그건 나도 마찬가지다.

내
목소리를
들어줘

장례식이 모두 끝났다. 장례 절차는 내 생각보다 훨씬 길고 복잡했다. 내 몸은 화장되어 납골당에 안치되었지만 닷새 동안 매일매일 제사상을 차렸고, 보름째 되는 날에는 모두 납골당에 모였다.
 중국에 가 있다는 친아빠도 왔다. 나는 친아빠를 알아볼 수는 있었으나 떨어진 지 너무 오래되었고, 엄마의 재혼 이후 제대로 만난 적도 없어 그리움이라든가 혈육의 끌림 같은 건 없었다. 나는 이미 친아빠의 성인 '김' 대신에 새아빠의 성을 쓰고 있었다. 나는 '김나연'보다 '오나연'이 더 예쁜 것 같아 바뀐 성에 흡족해하기까지 했다. 그러나 마지막 장례 절차를 치른 후 친아빠가 엄마를 향해 건넸던 말이 또렷하게 내 귀에 들어왔다.

"이걸로 우리는 완전히 끝난 거네."

엄마는 다시 울음을 터트렸다. 친아빠와의 관계 때문에 흘린 눈물이 아니었다. '끝'이라는 단어 때문에 엄마는 운 것이다. 새아빠가 엄마를 달랬고 친아빠는 돌아서서 혼자 걸어갔다. 나는 이제 친아빠와 두 번 다시 볼 일이 없을 것이다. 나는 친아빠에 대해 별다른 감정을 느낄 수 없는데도 혼자 사라지는 그 뒷모습에서 '끝'이라는 것이 어떤 의미인지 희미하게 다가왔다. 되돌릴 수 없는 어떤 것. 대단히 폭력적이고 강제적이며 일말의 희망도 없는 어떤 공백. 어떤 단절.

그동안 계속 우리 집에 머물면서 식구들을 보살펴주던 이모도 돌아갔다. 이모는 가기 전에 엄마 손을 붙잡고 신신당부를 했다.

"언니, 제발 정신줄 놓지 마. 응?"

"알았어. 어서 가봐."

"뭘 좀 먹어야 해. 내가 죽이랑 국 끓여놨어. 제발 좀 먹어."

"알았다니까."

"형부, 우리 언니 좀 부탁해요."

"걱정하지 마, 처제. 내가 잘 챙길게."

하지만 이모가 떠나기 전과 떠난 후는 너무 달랐다. 주방과 방을 돌아다니며 부산스럽게 움직이던 이모의 기척이 사라지고, 그때쯤 쉴 새 없이 걸려오던 안부 전화도 끊어지자 집 안은 마치 물속에 잠긴 것처럼 고요해졌다.

그 침묵은 무거웠다. 공기 속에 납덩이가 포함되어 있는 것 같았다. 식구들은 무거운 공기를 뚫고 천천히, 느릿느릿 움직였고, 있는 힘을 다해 숨을 들이켜지 않으면 숨쉬기가 어려운지 가끔 긴 숨을 뱉어내곤 했다.

그 정적과 무거움을 깨는 건 동생이었다. 유치원에서 돌아오는 동생은 바깥세상의 소란스러움과 어린애다운 가벼움을 잔뜩 안고 돌아왔다가 집 안의 무거움에 부딪혀 화들짝 놀라곤 했다. 새아빠는 동생에게 조용히 하라는 말만 했다.

"쉿, 엄마 잔다."

동생은 잔말 없이 자기 방으로 갔다. 새아빠는 동생에게 과자와 우유 따위를 가져다줬고 동생은 그걸 먹으며 혼자 놀았다. 레고를 쌓고, 자동차 경주를 하고, 그게 재미가 없어지면 새아빠의 폰을 빌려 동영상을 봤다. 그러다 혼자 잠이 들었다. 동생 주변에는 흘린 과자 부스러기와 밖에서 묻혀온 흙먼지가 지저분하게 흩어져 있었다.

나는 잠든 동생의 모습을 물끄러미 바라봤다. 뚱뚱하고 어딘가 맹해 보여서 늘 싫어했던 얼굴. 나는 동생을 한 번도 좋아한 적이 없었다. 단 한 번도 동생과 놀아주거나 다정하게 대해준 적이 없었다. 언제나 귀찮기만 했다. 관심 자체가 없었다.

동생과 열 살 넘게 터울이 져 같이 나눌 이야기도, 함께할 놀이도 없었다.

전적으로 나이 차이 때문만은 아니다. 동생이 태어나기 전부터, 엄마가 임신해서 배가 빵처럼 부풀어 오를 때부터 나는 그 안에 있는 존재에 대해 나와는 다르다는 이질감을 느꼈다. 거기다 동생이 태어날 무렵부터 새아빠의 사업이 힘들어졌고, 근거는 막연하지만 감정적으로는 아주 또렷하게 동생만 아니었다면 엄마가 새아빠와 헤어질 텐데, 동생으로 인해 가능성 하나가 사라져 버렸다고 원망하고 있었다.

보살펴주지 않는 아이는 금방 표시가 난다. 어릴 때 엄마가 나를 학교에 데려다주면서 같은 반인 어떤 아이를 보고는 혀를 찬 적이 있다.

"도대체 쟤 엄마는 뭘 하길래 애가 저 모양이야? 엄마가 집을 나갔나?"

그 애는 더운 여름인데도 겨울에나 입는 꾀죄죄한 스웨터를 입고 있었다. 바로 동생이 그런 모습이었다. 손톱에는 때가 끼고 옷에는 뭔가를 흘리고 묻힌 자국이 또렷했다. 욕실로 데려가 비누로 얼굴을 씻기고 새 옷으로 갈아입히고 싶다는 생각이 나를 사로잡았다. 하지만 나는 그럴 수 없었다. 나는 그 이후로 내가 겪게 될 긴 과정의 첫걸음을 뗐다. 그것은 후회라는 과정이었다.

후회. 내게 이 단어는 아주 익숙한 것, 매일매일의 습관 같은 것이었다.

공부 안 한 것, 말을 실수한 것, 옷을 잘못 입고 나온 것, 시험에서 잘못 찍은 것, 너무 많이 먹은 것 등등. 나는 시시각각, 늘 후회했다. 후회할 게 너무 많아서 '후회'라는 단어를 굳이 쓰는 것조차 민망했다. 그것들은 마치 내가 매 순간 이루어지는 호흡 같이 너무나 당연하고 돌아서면 잊어버리는, 그래서 다음 순간에 또다시 반복하는 질긴 습관 같은 것이었다.

내가 죽은 후 느끼는 후회는 그런 종류가 아니었다. 내 삶은 끝났는데 내 후회는 이미 끝나버린 내 삶을 송두리째 뒤집을 만큼 강력하고 고통스러운 것이었다. 사람들은 쉽게 말한다. 죽으면 모든 것이 끝이라고. 마치 잠들었을 때처럼 나는 아무것도 모를 것이기 때문에 고통도, 슬픔도 존재하지 않는 무의 세계일 것이라고.

사람들은 모른다. 나도 몰랐다. 죽어보지 않아서. 끝이란, 끝이 주는 안식과 편안은 삶 속에 준비되어 있어야 한다. 아무 준비가 없던 나는 극장에서 영화를 보듯 우리 식구를 보며 끝나지 않는 후회의 연속으로 빠져들고 있었다.

이모가 집으로 돌아가고 며칠 후부터 새아빠의 행동이 눈에 띄게 이상해졌다. 새아빠는 엄마의 밥과 약을 챙기고 동생을 돌봤지만 혼자 있을 때면 초조하고 어색해 보였다. 엄마가 잠든 틈을 타 목소리를 낮춰 여기저기 전화하기도 하고, 새아빠의 옷과 물건들을 하나하나 뒤져보기도 했다. 볼일이 있다고 나가 술집과 커피숍을 돌아다니기도 했다. 새아빠가 뭘 하고 있는지는 분명했다. 새아빠는 차용증서를 찾고 있었다. 내가 한국문학전집 「메밀꽃 필 무렵」 안에 넣어둔 바로 그 차용증서.

당연히 새아빠는 찾을 수 없었다. 새아빠의 입안이 바싹바싹 타들어간다는 것을 나는 알 수 있었다. 새아빠는 변호사에게 전화를 했다. 소송, 재판 기일 등등의 단어가 나왔고 나는 새아빠가 재판을 늦추려고 한다는 것을 알았다. 하지만 그 또한 여의치 않았다. 새아빠는 결국 변호사에게 사실대로 털어놓았다.

"차용증서를 내가 받았는데 잃어버렸나 봐요. 그게 왜 없어졌는지 모르겠는데, 집에 와서도 분명히 내가 확인했는데, 아무튼 없어요. 그렇지만 내가 받은 건 분명하고, 본 사람도 있어요. 이걸로는 안 될까요?"

변호사는 안 된다고 말했음에 틀림없다. 새아빠는 핼쑥한 얼굴로 전화를 끊었다. 억지로 끊었던 담배도 다시 피웠다. 베란다로 나가 뱃속 깊이 담배 연기를 빨아들이면 잠시 후 인터폰이 울렸다.

"위층에서 신고가 왔어요. 담배 연기가 위층 거실로 들어온다고요."

새아빠는 담배를 들고 밖으로 나갔다. 주차장, 어린이 놀이터, 허울 좋은 쌈지 공원, 모든 곳에 금연 표시가 있었다. 오래 헤맨 끝에 새아빠는 어느 으슥한 골목 안으로 들어가 피곤한지 쪼그리고 앉아 담배를 피웠다. 담배 연기가 새아빠의 입을 통해 흘러나올 때 그것은 새아빠의 몸 일부를 태우며 나오는 것 같았다.

아빠, 아빠…….

내가 처음부터 새아빠를 싫어한 것은 아니다. 엄마는 내가 초등학교 3학년 때 재혼했는데 그때 새아빠는 지금처럼 살이 찌지도 않았고 돈도 잘 벌었다. 나는 새아빠를 처음 만나던 날을 기억한다. 외할머니는 백화점에서 새로 사온 옷을 나에게 입히며 묻는 말에 대답을 잘해야 하고, 성질부리면 안 되고, 주는 대로 아무거나 잘 먹어야 한다고 몇 번이나 반복하며 내가 "네."라고 대답하기를 강요했다. 나는 새 옷의 상표가 목덜미를 긁어 입기 싫다고 투정을 부렸다. 외할머니는 나를 노려

보며 무섭게 말했다.

"너 땜에 엄마 인생 절단 나면 책임질 거야?"

초등학교 3학년짜리 애한테 어떻게 그리 무시무시한 말을 할 수 있는지. 나는 새 옷을 안 입으면 왜 엄마 인생이 절단 나는지, 인생이 절단 난다는 게 어떤 건지, 그걸 왜 내가 책임져야 하는지 알 수 없었지만 외할머니가 무서워서 입을 다물었다.

엄마는 이혼한 후 나를 데리고 외할머니 집에서 삼 년 동안 살았다. 그동안 할머니가 종종 나를 보면서 끙 하고 한숨을 내쉬거나 이모를 붙잡고 애만 없어도 재혼이 쉬울 텐데, 라고 수군대는 걸 여러 번 들었다. 그래서 나는 내가 엄마에게 어떤 부담이라는 걸 알고 있었다.

남에게(엄마도 엄밀하게 남이니까!) 부담되고 싶은 사람이 어디에 있을까. 나는 엄마의 재혼에 최대한 협조하고 또 조심해야 한다는 것을 충분히 알고 있었다. 나는 눈곱만큼도 엄마와 단둘이만 오순도순 살기를 바라지 않았고, 외할머니 집에서 빨리 벗어나고 싶었다.

나는 상표가 내 목을 긁어대는 걸 꾹 참으며 최대한 착한 아이처럼 굴려고 노력했다. 초등학교 3학년쯤 되면 어른들이 어떤 행동을 좋아하는지 대충 눈치챌 수 있다. 모든 아이가 그런 것은 아니다. 나처럼 항상 내 행동에서 아빠의 흔적을 찾아내 혀를 차는 외할머니 같이 까칠하고 무서운 어른 밑에서 눈치를 보며 자란 아이들이 누리는 특권인지도 모른다. 나는 그런 특권을 많이 누렸다. 그 결과 어른들은 언제나 진짜 아이가 아니라 진짜 아이일 것 같은 모습을 더 좋아한다는 사실도 알게 되었다.

새아빠는 키는 조금 작았지만 인상이 선량해 보였고, 엄마보다 네 살이나 어렸다. 더욱이 총각이었다. 외할머니와 이모는 이 점을 가장 마음에 들어 했다. 남자에게 딸린 자식이 있으면 엄마가 마음고생할지도 모른다는 것이다. 어린 마음에도 나는 '딸린 자식'이라는 내 정체성을 분명히 느꼈는데 그건 왜 문제가 안 되는지 의아했다. 외할머니와 이모는 그 문제에 대해서는 아무런 말도 하지 않았다. 복잡한 가족 역학과 그리고 남녀 성역할의 미묘한 차이가 거기에 존재했지만 나는 알 수가 없었다.

어쨌거나 나는 그날 어른들이 좋아할 만한 참한 태도를 보였다. 새아빠는 연신 내 머리를 쓰다듬으며 정말 예쁘고 귀엽다고 말했다. 엄마는 흐뭇해했다. 전적으로 그 이유는 아니었겠지만 몇 달 후 엄마는 새아빠와 두 번째 결혼식을 올렸다. 주례 선생님은 하객들에게 엄마는 미대를 졸업하고 의상 디자이너로 일하고 있으며 아빠는 (어디를 졸업했는지는 빼고) 건설 회사를 운영하는 CEO라고 소개했다.

지금 그 말을 생각하면 헛웃음만 나온다. 엄마는 돈은 좀 있지만 몸이 너무 뚱뚱해서 기성복을 입지 못하거나 트렌드와는 아무 상관없이 너덜너덜하고 비싼 천 조각을 걸치고 싶어하는 중년 여성들을 위한 의상실(간판이 아무개 부티크였다.)에서 일했다. 엄마는 늘 괴팍한 사장의 비위를 맞추고 손님들의 말도 안 되는 요구 때문에 바느질을 다시 고치느라 시간을 다 보낸다고 투덜댔다.

"내가 못하는 건 디자인뿐이지."

그런 엄마가 의상 디자이너로 둔갑했으니 건설 회사 CEO라는 새아빠의 실상도 상당히 부풀려진 게 분명했다. 그러나 결혼식 날에는 아무런 짐작도, 예측도 없었다. 외할머니가 감격해서 눈물을 터트리고, 이모들과 엄마 친구들이 내게 다가와서 예쁘다며, 새아빠 말 잘 들어야 한다고 다짐을 받았고, 나는 발리로 신혼여행을 가는 엄마와 새아빠를 공항까지 따라가 착한 딸답게 손을 흔들었다.

한동안은 모든 것이 좋았다. 새아빠가 돈을 잘 벌어서 엄마는 부티크를 그만두었고(그때 엄마는 부티크 좋아하네, 라고 비웃듯 말했다.) 얼마 후 동생을 가졌다. 우리 가족은 여름마다 해외여행을 갔고 봄가을에는 종종 일본의 온천을 찾았다. 온천에는 외할머니도 함께 갔다. 외할머니는 툭하면 새아빠의 등을 두드리며 아이구 이 사람아 고맙네, 자네가 우리 집 기둥이야, 같은 말을 했고 나한테도 더 이상 까칠하거나 무섭게 굴지 않았다.

  이국의 풍경은 아름다웠다. 마흔이 넘었다고 서글퍼하는 엄마는 그 어느 때보다 예뻐 보였다. 엄마는 다른 집 엄마들처럼 살이 찌지도 않았고, 꾸미지 않아도 어딘가 미혼 여성 같은 분위기가 있었다. 동생을 안고 핸드폰을 들여다보는 엄마는 느긋해 보였고, 나는 아무 걱정이 없었다. 누구의 인생이든 그 속에 마치 사진처럼 또렷이 기억에 남는 행복했던 한 순간의 영상이 있을 것이다. 내겐 그때가 바로 그런 순간이었다.

  그러나 새아빠의 사업은 얼마 지나지 않아 꼬이기 시작했다. 건설 회사라고 하나 대기업의 하청업체도 아니고 친구와 함께 주택을 사서 빌라를 지어 분양하는 일이었는데 동업자가 돈을 들고 날라버린 일이 발생했다. 새아빠는 걱정하지 말라고, 도망간 동업자만 찾으면 되고, 무엇보다 받아야 할 분양 대금도 많이 남아 있어 얼마든지 다시 시작할 수 있다고 우리를 안심시켰다. 여전히 우리는 일본으로 여행을 갔고, 나는 새아빠 말을 곧이곧대로 믿었다. 믿지 않으면 너무나 불안해지기 때문에.

  얼마 지나지 않아 우리는 살던 집을 팔고 경기도 어느 신도

시로 이사했다. 새아빠가 지어서 팔던 빌라였다. 엄마는 아파트가 아니라 빌라라고, 나는 내가 살던 동네에서 멀다고 불평했지만 지금 와서 생각해보면 모두 철없는 투정이었다.

이사를 하고, 내가 전학 간 새 학교에 적응하고, 고등학교 2학년이 되는 동안 새아빠의 사업은 계속 꼬였고, 소송이 이어졌다. 엄마는 전에 일하던 성질머리 더러운 사장을 찾아갔다. 사장의 가게는 백화점에 입점해 있었고, 엄마는 영업사원으로 일하게 되었다. 새아빠는 늘 허허 웃으며 걱정하지 말라고, 소송에서 반드시 이긴다고, 그러면 다 끝난다고 자신 있게 말했지만 엄마는 새아빠의 말을 믿지 않았다. 새아빠는 처음일지 모르겠지만 엄마는 이미 첫 결혼에서 사업이 망하는 과정을 충분히 목격했던 것이다.

모든 게 정말로 비슷했다. 새아빠는 늘 술을 마시고 집으로 돌아왔고 점점 두툼하게 살이 붙었다. 집에서 입는 고무줄 바지는 불룩해진 뱃살 때문에 고무줄이 제자리를 잃고 어떤 때는 가슴 바로 아래에 어떤 때는 배꼽 아래에 민망하게 걸려 있었다. 그 꼴로 싱글벙글 웃으며 내 어깨를 껴안거나 심지어 내 볼에 뽀뽀하려고 해댈 때면 나는 소스라치듯 놀라 짜증을 부렸다.

머리카락도 숭숭 빠지기 시작했다. 엄마는 새아빠를 꼴 보기 싫어했고, 짜증이 늘었고, 다투는 일 또한 잦아졌다. 엄마의 이혼은 친아빠의 외도가 결정적이었지만 나는 그것과는 별개로 어른들은 대부분 돈 때문에 싸운다는 걸 이미 알고 있었다. 하지만 어른들은 절대로 돈 때문이라고 말하지 않는다. 왜 또 술이냐, 옷이 그게 뭐냐, 왜 부탁한 것을 해주지 않느냐 등등 그때마다 핑계는 달랐지만 새아빠가 돈을 잘 벌던 시절에는 나오지 않았던 말들이었다.

나도 다르지 않았다. 나는 엄마의 짜증에 편승해 새아빠에게 더 쉽게 화를 내고 못되게 굴었다. 뚱뚱해져서, 술을 마셔서, 느끼하게 굴어서라고 핑계를 댔지만 사실은 새아빠가 전처럼 돈을 벌어오지 못하기 때문이었다. 무능해 보였기 때문이었다. 돈을 잘 벌어서 나를 편하게 해주지 않기 때문이었다.

흔히 열 길 물속은 알아도 한 길 사람 속은 모른다고들 하지만 우리는 때로 자신의 마음을 잘 들킨다. 새아빠는 내가 짜증내는 이유를 아는 것 같았고, 가끔 서운한 표정을 지었다. 하지만 나는 아랑곳하지 않았고, 새아빠는 금세 표정을 바꿨다. 모든 게 나아질 거라고, 내가 방실방실 웃으며 뽀뽀도 잘하고 안기기도 잘하던 초등학교 3학년 때로 돌아갈 거라는 듯이 미소 지었다. 나는 새아빠가 그렇게 웃을 때마다 너무 어이없어 오히려 더 화가 났다.

그 웃음이 진심이 아니었다는 것을 이제는 알겠다. 새아빠는 정말 앞으로 다 잘될 거라고 믿어서 그렇게 웃은 게 아니었다. 왜냐하면 집 근처 골목을 배회하며 담배를 피우고 돌아온 새아빠의 얼굴에 내게 보여줬던 그 웃음이 여전히 걸려 있었기 때문이다. 표정만 보면 마치 차용증서를 되찾기라도 한 사람 같았다.

"어디 갔다 와?"

새아빠가 집으로 들어오자 안방에서 나온 엄마가 물었다.

"으응, 잠시 바깥에……. 바람 좀 쐬려고. 당신도 같이 나가서 산책 좀 할래?"

"당신, 나한테 숨기는 거 있지?"

"무슨 소리야?"

"그냥 말해. 어떻게 된 거야?"

새아빠는 당황하는 표정을 짓더니 예의 그 사람 좋아 보이는, 아무 걱정 없다는 듯한 웃음을 지어 보였다.

"내가 당신은 절대 못 속이지. 미안해, 나 담배 한 대 피웠어. 이제 다시는 안 피울 거야."

"담배 얘기가 아니야. 피우든 말든 상관 안 해. 차용증서 어떻게 된 거야?"

"무슨 차용증서?"

새아빠는 무슨 말인지 모르겠다는 얼굴로 대답했다.

"이 부장한테 받은 차용증서! 소송에 낼 차용증서 말이야! 그거 어디 있어?"

"그거야 변호사한테 줬지."

"정말?"

"그럼. 당신은 걱정하지 말고 몸이나 추슬러."

엄마는 멍한 시선으로 새아빠를 쳐다봤다. 새아빠는 엄마에게 다가가 팔을 붙잡고 방 안으로 데리고 가려고 했다.

"걱정 마. 내가 다 알아서 한다니까. 설마, 우리가 쫓겨나기야 하겠어?"

"그거 없으면 우리는 이 집에서 나가야 되는 거지? 우리가 소유를 주장할 권리가 하나도 없으니까."

"아, 걱정 말라니까!"

엄마가 새아빠의 팔을 뿌리쳤다.

"거짓말 좀 그만해!"

엄마는 부들부들 떨며 새아빠를 노려봤다.

"변호사한테 전화가 왔었어. 더 이상 변론 기일 늦출 수 없다고, 빨리 차용증서 가지고 오라고!"

새아빠도 포기하지 않았다. 마치 떼를 쓰면 이루어질 거라 믿는 아이처럼, 끝까지 우기기만 하면 현실이 따라 변할 거라고 믿는 사람처럼.

"변호사가 뭘 잘못 알았겠지. 내가 전화해볼 테니 걱정 붙들어 매셔."

"당신은 구제불능이야. 당신은 희망이 없어."

"……."

"나연이 사고 때문에 잊은 줄 알았겠지만 아니야. 잊지 않았어. 사고 나던 그날, 당신은 그걸 잃어버렸어. 술에 취해 그걸 흘린 거라고."

"너무 나쁘게만 생각하지 말고……."

"이 집에서 쫓겨나면 어디로 가야 할지 방이라도 구해둬야 하니까 사실대로 말해, 제발. 못 찾았지?"

새아빠가 아무 대답도 못하자 엄마는 비틀거렸다. 새아빠가 붙잡아주려고 했지만 엄마는 손을 들어 다가오지 못하게 했다. 그사이 얼굴이 반쪽이 되어 주름과 기미가 가득한 얼굴이 백지장처럼 핼쑥했다. 믿지 않았다고 말했지만 그래도 엄마는 새아빠를 믿고 있었는지 모르겠다.

정적이 지나갔다. 시계의 초침 소리가 째깍째깍 들리고, 창문 너머 우리만 제외하고 마냥 평화로운 바깥세상의 한가한 소음들이 비현실적으로 들렸다. 이윽고 엄마가 다시 입을 열었다.

"이제 끝이야. 집도 없고, 아무것도 없어. 우리도……. 다 끝이야."

엄마는 비틀거리며 방으로 들어갔다. 새아빠는 뭔가 더 말하고 싶은 것 같았지만 주방 다용도실로 가서 다시 담배를 피워 물었을 뿐이다.

나는 새아빠를 붙잡고 소리쳤다.

"아빠, 아빠 잘못이 아냐. 내가 숨겼어. 내가 아빠 골탕 먹이려고 숨겼어. 한국문학전집 속에. 이러지 말고 찾아봐. 집 안을 샅샅이 뒤져봐. 그럼 될 거 아냐! 아빠!"

하지만 새아빠는 어디에서 잊어버렸는지 몰랐다. 분명히 집에 가져왔다는 확신이 없었고, 식구 중 한 사람이, 그렇게 예뻐하던 딸이 자신을 그렇게 골탕 먹일 거라고는 상상도 하지 못했다.

새아빠는 담배만 피웠다. 위층에서 항의가 들어올까 봐 창문도 열지 못한 채 연거푸 담배 연기를 들이마셨다. 담배 연기가 좁은 공간에 가득 찼다. 후회가 내 심장을 가득 채우듯이. 담배 연기는 금세 사라지겠지만 내 후회는 다르다. 엄마와 새아빠, 동생이 나로 인해 고통받고 뿔뿔이 흩어지는 것을 지켜봐야 한다.

내 온몸이 부르르 떨렸다. 후회와 분노가 나를 사로잡았다. 그것은 내가 겪은 사고, 죽음, 아무것도 할 수 없는 나 자신에 대한 것이 아니라 나의 경박함, 나의 옹졸함에 대한 것이었다. 나는 도대체 무슨 짓을 한 것일까. 나라는 아이는 어떤 인간일까. 아니 어떤 인간이었을까.

나는 거리로 뛰쳐나갔다. 누구라도 붙잡고 무슨 수가 없는지, 어떻게든 우리 가족을 구할 방법이 없는지 물어봐야겠다.

죽은 사람도 사라지지 않고 이렇게 남아 있는데 불가능한 일은 없을 것이다.

거리는 한산했다. 이 말은 죽은 영들이 보이지 않았다는 의미이다. 나는 집에만 틀어박혀 있었지만 어느새 영들의 세계에 적응해가고 있었다. 내 눈은 나도 모르게 그들을 찾고 있었다. 영들만이 나와 이야기를 나눌 수 있을 것이다. 하지만 그때까지 내가 찾아가 뭐든 물어볼 수 있는 영은 하나뿐이었다. 커피숍의 남자.

거리는 비라도 내릴 듯 구름이 잔뜩 끼어 우중충하고 바람이 스산하게 불었다. 날씨 탓인지 커피숍 테라스에는 아무도 없었다. 실내에도 그는 보이지 않았다. 그는 어디에 있는 것일까. 내가 죽던 날, 그는 나를 뒤쫓아온 것도 아닌데 우리 집 앞에 와 있었다. 뭐라고 했더라, 영들은 자신이 원하는 곳에 갈 수 있다고 했던가.

나는 우뚝 걸음을 멈췄다. 내가 왜 이제야 이걸 생각했나 싶었다. 나는 범인을 잡기를 원했다. 그놈이 있는 곳에 갈 수 있다면…….

나는 눈을 감고 범인을 생각했다. 사고가 난 직후 나를 향해 다가오던 발소리를 분명히 들었다. 그자는 지금 어디에서 무엇을 하고 있을까. 나는 눈을 감고 정신을 집중해서 나를 범인의 곁으로 데려다 달라고 빌었다.

그리고 눈을 떴다. 나는 거리 한 가운데 그대로 서 있었다. 아무 일도 일어나지 않았다. 왜 나는 내가 원하는 곳으로 갈 수 없을까.

커피숍의 남자, 정기훈. 그는 나를 초보 영이라고 불렀으니 어쩌면 특별한 훈련이 필요한 것인지도 모른다. 그렇다면 나는 그 기술을 배워야 할 것이고 내게 필요한 걸 가르쳐줄 수 있는 사람, 아니 영은 기훈 오빠뿐이었다.

나는 애타게 그를 찾아다녔다. 멀찌감치 희끄무레한 영의 모습이 보여 달려가 보면 그가 아니었다. 나와 마주친 영은 쌀쌀맞은 표정으로 나를 지나쳐갔다. 거리를 헤매고 다니면서 나는 영들이 떼로 몰려 있는 모습도 보았다. 영들이 좋아하는 장소가 있나 보다. 그러나 그의 모습은 보이지 않았다. 어쩌면 그사이 그는 사라진 것일까. 만난 지 얼마 되지도 않았고, 특별히 나눈 이야기도 없었지만 그래도 그 사람마저 사라진다면……. 난감한 기분이 들었다.

그때 기훈 오빠 모습이 보였다. 커피숍과 얼마 떨어지지 않은 서점 앞 모퉁이에 등을 기대고 서 있었다. 나는 달려갔다.

"오빠."

나는 그를 불렀다. 그는 마치 나를 기다리고 있었던 것처럼 담담하게 고개를 돌려 쳐다봤다.

"뭐가 궁금해서 그렇게 달려오는 거야?"

"그걸 어떻게 알죠? 내가 궁금한 게 있다는 걸."

"나도 너처럼 그랬으니까. 나한테 친절을 베푸는 영에게 처음에는 화가 났지만 금세 그를 찾아갔지. 너무나 궁금한 게 많았거든. 넌 뭐가 궁금해?"

"죽기 전에 제가 아주 잘못한 게 있어요. 정말 큰 잘못이에요. 그걸 바로잡을 수 없나요?"

그는 희미하게 웃었다. 그 순간 그도 나와 똑같은 질문을 누군가에게 한 적이 있다는 것을 알았다. 그리고 그가 나에게 말해주는 것과 같은 대답을 그도 들었을 것이다. 대답은 간단했다.

"그럴 수는 없어."

"왜요?"

"말했잖아. 산 사람들의 세계는 건드릴 수 없다고."

"어떻게 확신하죠? 오빠는 안 되지만 다른 사람은 될지도 모르죠. 안 그래요?"

나는 화가 나서 소리쳤다. 정말로 화가 난 건 아니었다. 그래도 나와 이야기를 할 수 있는 상대가 있다는 것에 대해, 내가 찾아갈 데가 있다는 것에 대해 안도감을 느꼈기 때문이다.

"미안해요. 화내서."

그는 빙긋이 웃으며 대답했다.

"괜찮아. 나도 그랬는걸, 다들 그래."

다들 그랬다는 건 조금도 위로가 되지 않았다. 내게 필요한 건 '예외'였다. 그는 차분하게 다시 말했다.

"생각해봐. 만약 영들이 산 사람들에게 신호를 보내기 시작하면 산 사람들은 언제나 죽은 사람들의 이야기에만 귀 기울이게 될 거야. 그게 좋은 일이라고 생각해?"

"중요한 얘기만 해주면 되잖아요. 반드시 필요한 얘기만."

"그걸 구별할 수 있을 만큼 영들은 지혜롭지 않아. 죽어 영이 되었다 해도 산 사람의 일부가 떨어져 나와 존재하는 거야. 인간은 원래 어리석고 한계가 분명한데 영이라고 해서 갑자기 지혜로워질 수가 있을까? 어떻게 언제나 필요한 말만 하겠어?"

"하지만 전 꼭 우리 식구에게 할 말이 있어요. 반드시 가르쳐줘야 할 게 있다고요! 저는 절박해요!"

"……."

"뭔가 원하는 게 있어서 여기 남아 있는 거라면서요? 다 놓아버리지 못해서 영이 된 거라면서요? 그런데 할 수 있는 게 아무것도 없어요? 구경만 하려고 영이 된 거예요? 이런 게 어딨어요?"

"그것도 나는 대답할 수 없어. 나도 모르니까. 뭔가를 할 수 있었다면 나도 했을 거야. 산 사람들이 내 목소리를 들을 수 있길 얼마나 절박하게 원했는지 몰라. 지금도 나는 하고 싶은 말이 있어. 하지만 불가능해."

"아니에요. 뭔가 수가 있을 거예요. 오빠가 틀릴 수 있잖아요. 오빠는 영들이 마음만 먹으면 원하는 곳으로 갈 수 있다고 했죠? 조금 전에 해봤어요. 안 되던데요. 나는 나를 죽인 범인을 잡고 싶은데 왜 그 인간 곁으로 못 가죠?"

"너는 그 사람을 모르잖아. 우리는 우리가 아는 것만을 떠올릴 수 있어. 떠올려야 갈 수 있는 거야."

"도대체 뭐가 그렇게 복잡해요? 그 복잡한 걸 오빠가 다 알아요? 오빠한테 불가능했다고 모두가 그런 건 아닐 거잖아요!"

나는 내가 억지를 부리고 있다는 것을 알고 있었다. 오빠는 쓸쓸한 눈빛으로 나를 쳐다봤다. 마치 나도 너처럼 생각했었다는 듯이. 그 눈빛 때문에 나는 다시 화가 나서 속으로 오빠에게 욕을 퍼부었다.

멍청이, 찌질이. 제대로 알지도 못하면서, 다 알지도 못하면서…….

나는 돌아서서 마구 달렸다. 달리면서 생각했다. 찾아보면 방법이 있을 거라고. 불가능한 것은 없다고. 학교에서 선생님들이 늘 말하던 것, 엄마도 기분 좋은 날이면 식탁에서 말해주던 것, 긍정의 힘을 떠올렸다. 네가 간절히 원하기만 하면 우주가 너를 도와준단다……. 지영은 달랐다. 지영은 그런 말들을 비웃었다.

"그런 말들은 다 개뻥이야. 우주 입장에서 생각해봐. 지구는 우주의 변방에 위치한 은하계에 속해 있고, 은하계에서도 변방에 있는 쪼그만 태양 옆에 붙어 있는 행성이야. 거기에 붙어 있는 먼지보다 작은 나를 위해 별들이 뱅글뱅글 돌고, 우주의 힘이 내 꿈을 위해 쏟아진다고? 착각도 이 정도면 병이지."

그 말을 하는 지영은 너무 시크해 보였고, 나는 참으로 그 말이 맞다고 생각했다. 하지만 지금은 다르다. 지영이 틀렸을지도 모른다. 지영은 지금의 나처럼 뭔가를 절박하게 원해본 적도, 반드시 해결해야만 하는 숙제를 떠안은 적도 없었다. 나는 지영을 좋아하고, 그 애한테 감탄한 적도 많았지만 거부감이 들 때도 있었다. 특히 은수에게 잔인하게 굴 때면 정말 지영이 못마땅했다.

은수는 지금 어떻게 지내고 있을까.

은수에게 생각이 미치자 나는 달려가던 걸음을 우뚝 멈췄다. 은수가 했던 말이 떠올랐다.

신기가 뭐냐면 귀신의 말을 들을 수 있는 능력을 말하는 거야…….

그렇다. 은수는 그렇게 말했었다. 자신은 죽은 혼이 하는 말을 들을 수 있는 귀를 물려받았다고. 내가 왜 이 생각을 여태까지 하지 못했을까. 은수라면 내 말을 들어줄지 모른다. 아니다. 내 목소리를, 내 이야기를 들을 수 있을 것이다. 나는 마음속으로 간절하게 은수를 외쳐 불렀다.

은수야, 은수야.

나는 교실 안에 서 있었다. 기훈 오빠의 말이 맞았다. 내가 은수를 외쳐 부르는 순간 나는 은수 옆에 가 있었다.

익숙한 교실 풍경이 내 눈에 들어왔다. 기말고사 기간이라 아이들은 시험을 치르고 있었다. 사각사각 연필이 움직이는 소리만 가득한 채 교실 안은 조용했다. 선생님은 책상과 책상 사이 통로를 오락가락하고, 몇몇 아이는 문제도 읽지 않고 죄다 찍고는 책상에 엎드려 자고 있었다. 교실은 변한 게 없지만 내 자리는 사라지고 없었다. 빈 책상이 보기 흉하다고 생각했는지 어딘가로 치워버린 것 같았다.

내 눈에 은수가 들어왔다. 그사이 은수는 살이 많이 내려 통통하던 볼이 갸름하게 변해 있었다. 얼굴에 살이 많다고 언제나 불만이었던 은수는 전보다 훨씬 예뻐 보였다. 나는 은수

옆으로 다가가 답안지를 보았다. 은수는 공부를 못했고 특히 영어가 젬병이었다.

"영어는 돈 들인 만큼 하는 거라는데 우리 할머니가 날 학원에 보낸 적이 없어."

중학교 때 이미 수포자에 영포자였던 은수가 내게 해줬던 말이다. 그 시절이 떠오르자 나는 마음이 저려왔다. 불과 얼마 전인데, 시간이 그렇게 많이 지난 것 같지도 않은데 모든 게 변해버렸다.

중학교 때 나와 은수는 정말 단짝이었다. 은수와 나는 늘 같이 하교를 했고, 토요일과 일요일에도 같이 돌아다녔다. 집에 가면 카톡으로 끝없이 이야기를 나눴다. 화장실 가는 것, 밥 먹는 것, 속옷 갈아입는 것까지 다 이야기했다. 은수는 나에 대해, 나는 은수에 대해 속속들이 알고 있었다.

그때, 새아빠가 사업이 위태롭기는 해도 생활비를 가져다주고 여전히 희망이라는 것을 계속 품게 해주던 시절. 여름방학이면 해외로 가지는 못해도 가족을 차에 태우고 동해나 제주도로 여행 가던 시절. 나는 엄마를 졸라 은수와 함께 간 적이 있었다. 은수에게는 부모님이 없고 그래서 가족 여행을 한 번도 가본 적이 없다는 말에 엄마가 허락했다.

나와 은수는 동생과 함께 뒷자리에 앉아 끝없이 재잘거렸다. 엄마가 입 닳겠다며 그만 좀 떠들라고 말해도 우리는 금세 깔깔거렸다. 펜션에서 우리는 같은 방에서 둘이서만 잤다. 우리는 페이스북과 인스타그램을 들락거리며 그때 우리가 몰두하고 있던 팬픽에 대한 이야기를 밤새도록 떠들었다.

은수와 나는 다른 아이들과는 다르게 이미 오래전 해체된 샤이니의 팬이었다.

"우리는 레트로 취향이야. 우리 오빠들은 다른 오빠들과는 달라."

"맞아. 누구 오빠가 오십 년 후에 나훈아가 되는지 두고 보자."

온유나 키가 오빠라고 부르기에는 나이가 좀 많은 것이 항상 걸렸지만 그래도 우리는 다른 애들이 방탄이나 엔시티로 몰려갈 때도 자제했다. 특히 종현이 죽던 날 절대로 오빠들을 떠나지 말자고 맹세한 탓에 우리는 여전히 샤이니만을 사랑했다. 물론 나는 은수 몰래 방탄에게 마음을 좀 주긴 했지만.

은수는 샤이니 팬픽을 직접 쓰기도 했다. 은수는 자신이 올린 팬픽의 조회수를 하루에도 수십 번씩 검색해봤다. 은수가 쓴 건 팬픽 대부분 그렇듯이 아이돌 멤버들의 브로맨스였다. 우리는 밤새 온유와 민호가 언제 키스하느냐, 언제 같이 자야 하느냐, 이들의 사랑을 어떻게 하면 비극적으로 만들까를 두고 열띤 토론을 벌였다.

"야, 이건 개유치해. 그의 뜨거운 숨소리가 민호의 귓불을 스쳤다? 이어 민호의 뜨거운 숨이 온유의 가슴을 스쳤다? 뭘 계속 스쳐, 스치긴!"

"원래 이러는 거야. 전희라고 들어봤어?"

"쳇, 남들이 들으면 네가 해본 줄 알겠네."

"해봤는지, 안 해봤는지 네 눈으로 봤냐?"

"웃기지 마. 야동 몇 번 보면 경험이 있는 거야?"

"백 번 보면 한 번 하는 거랑 똑같대."

나는 그 말이 너무 웃겨서 배를 잡고 깔깔거렸다. 엄마가 시끄럽다고 우리 방문을 두드리며 빨리 자라고 잔소리를 하고 갔다. 우리는 불을 끄고 누워서도 계속 소곤거렸다. 은수는 어디서 주워들었는지 남자와 섹스할 때의 기분에 대해 설명해줬다. 그렇지만 우리가 정말로 관심이 있는 것은 섹스가 아니었다. 우리의 관심은 사랑이었다. 우리는 누군가를 사랑하고 싶었지만 '누군가'가 없는 탓에 사랑을 사랑하고 있었다.

"야, 넌 사랑 운이 없어. 연애를 못하고 죽을 팔자야."

언젠가 은수는 타로 카드로 사랑 점을 쳐주면서 나에게 말했다. 나는 안 믿는 척했지만 속으로는 속상하고 기분 나빴다. 나는 어서 누군가를 만나고 싶었다.

당시에 우리가 다니던 중학교에는 초등학교 때부터 사귀던 커플이 있었다. 둘 다 우등생이었는데 다른 애들의 눈치를 보지 않고 늘 붙어 다녔다. 은수와 나는 그 애들의 팬이었다. 우리는 그 애들이 나란히 하교하는 모습, 점심시간에 운동장을 걸어 다니는 모습을 보며 공연히 우리가 설레고 그 커플을 부러워하곤 했다.

그 둘에게는 누구도 끼어들 수 없는 비밀스럽고 다정한 그 무엇이 있는 것처럼 보였다. 오직 그 둘에게만 허용된, 둘이서만 나누는 내밀한 감정. 다른 이는 누구도 필요하지 않고 오직 상대방만 있으면 되는 그 친밀함이 너무나 부러웠다.

어쩌면 그 무렵에 은수와 내가 그랬는지도 모른다. 우리는 우리 둘만의 세상에서 재미있고 편안했다. 우리 둘이서만. 하지만 내 시선은 항상 내가 아닌 세상의 다른 누군가를 향해 있었고, 나와 은수를 보지 못했다. 은수와 나의 가까움은 사소하고 흔하게만 느껴졌고 특별한 것은 내가 아닌 누군가에게 깃들여 있는 것이라 생각했다.

다음 날 우리는 늦잠을 자는 바람에 엄마에게 야단을 맞고 깨어나선 물놀이를 갔다. 은수는 정말 행복해 보였다. 은수는 짧은 반바지에 심슨이 그려진 티셔츠를 새로 사 입고 마트에서 구입한 선글라스를 꼈다. 우리는 서로를 향해 폰카의 셔터를 눌러댔고, 셀카봉으로 우리 둘의 사진을 끝없이 찍었다. 키가 작은 은수는 조그만 바위 위로 올라가다 미끄러지면서 넘어졌다. 그때 은수가 넘어지던 모습, 개울에 엉덩방아 찧은 채 깔깔거리는 모습이 아직도 내 폰 안 사진첩에 남아 있다.

고등학교에 올라온 후 은수와 사이가 나빠졌지만 나는 은수의 사진을 지우지 않았다. 은수도 내 사진을 지우지 않았을 것이다. 내가 은수에게서 멀어지고 지겨워하게 된 것은 지영 때문이다. 지영은 천진하고 웃기기를 잘하는 은수와는 달랐다. 지영은 차갑고 까칠했다. 착하다고 볼 수는 없었다. 친구들에게 욕도 잘하고 조금만 잘못하면 핀잔을 줬다. 어떤 면에서 나는 지영을 두려워하는 마음도 있었다. 은수처럼 마냥 편하고 푸근하지 않았다.

하지만 나는 지영이 좋았다. 은수는 지영에 비하면 뭐랄까, 어린애 같았고 시시했다. 지영은 내 가슴을 뛰게 만들었다. 은수처럼 나한테 다정하지도 친절하지도 않았지만 지영은 매력이 있었다.

이를테면 수업 시간에 선생님이 지영에게 장래희망이 뭐냐고 물었을 때 그 애는 무덤덤한 얼굴로 "재벌의 숨겨진 딸"이라고 말했다. 교실 전체가 깔깔거리는데 지영은 웃지 않았다. 지영은 항상 나는 생각하지도 못했던 말들을 아무렇지도 않게 내뱉었다.

"재벌집 자식들 갑질하는 거 진짜 이해 안 되네. 내가 재벌 자식이면 진짜 타의 모범이 되는 모습을 보여줄 수 있는데 말이야. 그런데 우리 아버지가 도무지 노력을 안 하시네."

"자수성가가 뭐가 좋아? 똥줄 타게 노력해서 재벌이 되는 것보다 아버지한테서 물려받은 게 훨 뽀대가 나잖아. 인생 알 수 없지만 타고난 건 아무도 못 빼앗는 거거든."

또 이런 일도 있었다. 지영과 내가 편의점에서 간식을 먹고 나오는데 남학생들이 다가와 담뱃불을 좀 빌려달라고 했다. 그러자 지영은 역시나 무표정한 얼굴로 말했다.

"나는 담배밖에 없는데."

실제로 지영은 액상 담배를 들고 다녔다. 지영은 거리에서 아무렇지도 않게 액상 담배를 입에 물고 수증기를 뿜어 올렸다. 한동안 지영이 길에서 액상 담배를 피울 때마다 나는 다른 사람들의 시선이 신경 쓰여 겉으로는 태연한 척했지만 속으로는 어쩔 바를 몰랐다.

그러나 지영의 대담함은 나를 사로잡았다. 지영이 가지고 있는 다른 사람들의 시선에서 초연한 태도, 내가 예측할 수 없는 행동들은 모두 내게 충격을 주었고 동시에 매력적이었다. 나도 지영처럼 되고 싶었고, 지영과 더 가까워지고 싶었고, 지영이 나를 좀 더 특별한 친구로 여겨주기를 바라고 또 바랐다.

그것은 은수와 점점 멀어진 시기와 정확하게 겹쳤다. 지영과 같이 있으면 내가 훨씬 어른이 된 듯 느껴졌고, 그와 정비례해서 은수는 촌스럽고 유치하다고 느껴졌다. 누구나 자라고 나면 어린 시절 뛰어놀던 동네가 조그맣게 보인다고 한다. 은수는 내게 어렸을 때 놀던 좁은 동네였다.

처음 지영과 친해졌을 때, 그래서 은수와 내가 지영과 혜라와 함께 몰려다니기 시작했을 때만 해도 나와 은수 사이에는 여전히 둘만이 나누는 세계가 있었다. 은수도 나도 지영에게 매료되어 있었고, 지영과 함께 있을 때는 지영이 원하고 말하는 대로 했지만, 은수와 나만 있으면 둘만의 아늑한 우정 속으로 다시 복귀했다.

은수와 나는 여전히 우리 둘만의 톡방을 가지고 있었다. 그러나 그 방은 어느 순간부터 열리지 않았다. 나는 은수의 일대일 톡에 대답하지 않았다. 나는 은수가 중학교 때는 그렇지 않았는데 고등학교에 와서 이상하게 변했다고 생각했다. 하지만 아니었다. 내가 변한 것이었다.

나는 점점 지영처럼 말하고 행동하고 있었다. 그것이 기쁘기까지 했다. 은수에게 시큰둥하고 까칠하게 대했다. 별것 아닌 말에 무안을 주고 은수 따위는 신경 쓰지 않는 것처럼 행동했다. 지영이 은수를 싫어하게 되었을 때 나는 그 이유가 충분히 이해가 갔고, 그래서 같이 은수를 미워했고 감추지도 않았다.

야, 너 하나도 안 웃겨.

너 그렇게 처먹으니까 진짜 돼지 같아, 역겨워.

넌 화장을 할수록 더 촌스러워져. 그냥 포기해.

야, 너 진짜 대단하다. 내가 너였으면 절망감에 죽었을 것 같아. 생존본능 질기다 정말. 바퀴벌레 뺨치겠다.

은수는 농담으로 받아들이는 듯 웃기만 했다. 은수가 웃을 땐 속이 터져서 더 싫었다. 하지만 때로 은수가 정말 마음이 상한 듯 고개를 돌릴 때면 나는 아차 속으로 생각하면서 후회하곤 했다. 그런 날은 집으로 돌아와서도 뭔가 찜찜하고 갑갑했다. 물론 내색은 하지 않았다. 은수가 옹졸해서 농담을 농담으로 받아들이지 못하는 것인 양 행동했지만, 나는 말하지 않았지만 은수에게 미안했다. 은수가 내 미안함을 알까. 알아줄까. 알 수 있을까.

시험이 끝나자 아이들은 가방을 챙겨 일어났다. 지영은 혜라와 함께 있었다. 교실 밖으로 나가기 전에 지영이 은수를 힐긋 쳐다봤다. 뭔가 할 말이 있는 듯했다. 은수를 잡으려고 멈칫하는 사이 은수는 혼자 교실을 나섰다. 나는 은수를 쫓아갔다.

예전에 은수와 나는 시험 기간이면 둘이서 독서실에 가서 붙어 있곤 했다. 공부한다는 핑계였지만 주로 복도에서 떠들다 시간을 다 보냈다. 공부를 하지 않아도 시험 기간은 부담스러웠고, 끝나면 해방감에 젖어 어디로 놀러갈지 둘이서 그 궁리만 했다.

이제 은수는 혼자였다. 은수는 학교 앞에서 곧장 버스를 타고 집으로 향했다. 나는 은수 옆에 서서 살이 빠졌지만 여전히 동그란 얼굴을 바라봤다.

은수야, 내 말 들리니? 내 얘기 들려?

은수 얼굴은 아무런 변화가 없었다. 은수는 버스 손잡이에 몸을 맡긴 채 멍한 시선을 창밖으로 던지고 있었다.

은수야, 나야. 나연이. 나 원망 많이 했지?

은수는 내 말을 듣지도 못하는데 나 혼자 감정이 복받쳤다. 은수가 교실에서 도둑질했다는 소문이 돌았을 때 나는 은수를 위해 변명해주지 않았다. 하지만 나는 은수가 그럴 리 없다고 믿었다. 지영과 혜라에게 은수는 그런 애가 아니라고 말한 적은 없지만 나는 은수를 믿었다. 어떻게 하면 은수가 내 말을 들을 수 있을까.

나는 은수가 버스에서 내려 집으로 향하는 오르막을 올라가는 내내 뒤를 쫓아가며 계속 말했다.

은수야, 너는 들을 수 있다고 했잖아. 죽은 사람의 목소리를 듣는 능력을 가지고 있다고 했잖아. 내 말 안 들려?

그때 은수가 뒤를 돌아보았다. 조금 놀란 얼굴로 뭔가를 찾는 듯한 시선이었다. 나는 가슴이 철렁했다. 은수가 나를 보고 있다! 내 목소리를 은수가 들은 것이다. 나는 은수 옆으로 달려갔다.

내 목소리를 들어줘

은수야, 나 때문에 너 힘들었지? 너한테 못되게 군 거 정말 후회하고 있어. 내 진심이 아니야. 내 말 믿어줘. 내가 나빴어. 지영이한테 휩쓸려서 너한테 나쁜 말들을 많이 했어. 그런데 그게 다가 아니야. 말하지 못한 게 있어.

은수는 얼굴을 찌푸리며 달리기 시작했다. 마치 내 말이 듣기 싫다는 듯이. 나는 기뻐서 멈춰진 내 심장, 사라져 버린 내 맥박이 다시 뛰는 것 같았다.

은수야, 다 내 잘못이야. 그래도 우리는 정말 친했잖아. 네가 자살 기도했다는 소식을 듣고 정말 쓰러지는 줄 알았어. 네가 그렇게 힘들어할 줄 내가 왜 몰랐을까. 은수야……

은수는 할머니와 단둘이 사는 낡은 연립주택의 계단을 달려 올라갔다. 오래되어 낡고 어두운 집. 좁은 베란다에는 대나무가 꽂혀 있고 무슨 보살이라는 간판이 초라한 행색으로 달려 있는 집. 은수는 그 집을 부끄러워했지만 나는 종종 놀러 갔었다.

은수는 집 안으로 들어가자 서둘러 문을 잠갔다. 집 안에는 아무도 없었다. 은수는 집 안의 전등을 모두 켜고 침대 위로 몸을 던지고 이불을 뒤집어썼다. 마치 아무도 다가오지 말라는 듯.

나는 은수의 어깨에 손을 얹었다.

넌 내 말을 듣고 있어. 나는 알아. 은수야, 이 세상에 내 말을 들어줄 사람은 너뿐이야. 피하지 말아줘, 제발. 이렇게 사정할게. 내 얘기 좀 들어줘.

은수가 벌떡 일어나 앉았다. 은수는 물끄러미 벽을 노려보면서 입술을 꼭 깨물더니 이윽고 입을 열었다.

"오나연······."

은수야!

나는 반가워서 소리쳤다. 눈물이 터져 나올 것만 같았다.

"오나연. 너 내 말 들리니?"

그래, 은수야. 듣고 있어.

"오나연. 너는 정말 나쁜 년이었어. 나는 세상에서 네가 제일 미워. 정말 미워. 다른 애들은 네가 죽어서 슬프다고 하지만 나는 아냐. 나는 네가 죽어버려서 얼마나 좋은지 모르겠어. 너는 죽어도 싼 년이었어."

내가
살던 곳을 닮은
지옥

나는 교실에서 내 책상만 없어진 줄 알았다. 하지만 아니었다.

아이들은 아무도 내 이야기를 하지 않았다. 혜라는 다시 분홍색 방울이 달린 거울 속에 빠져 있었고, 지영은, 언제나 침착하고 대범한 지영은 은수에게 다가갔다.

"은수야, 나랑 얘기 좀 해."

은수는 조심스러운 얼굴로 의자에서 일어섰다. 지영은 복도의 층계참으로 갔다. 무심한 아이들이 소란스럽게 떠들며 지영의 옆을 지나쳤다.

은수가 지영에게 다가가자 지영이 물었다.

"괜찮아?"

"뭐가?"

"몸은 별 이상 없어 보이는데……. 며칠 새 너무 많은 일이 일어나서 말이야."

"난 아무렇지도 않아."

지영은 고개를 끄덕거리고는 낮게 한숨을 쉬었다.

"그래, 다행이다. 나는 좀 힘들었거든."

내 눈에 지영은 언제나 그렇듯이 무덤덤해 보였다. 하지만 겉으로 보이는 것이 다가 아니라는 것쯤은 나도 알고 있다.

지영이 말을 이었다.

"너하고 이야기를 좀 하고 싶었어. 네가 죽으려고 했다는 걸 알고 난 다음부터. 나연이랑 나랑 병원에 갔었다는 건 들었지?"

"응. 할머니가 말해줬어."

"그날 병원에 다녀와서 나연이랑 네 얘기를 했어. 이 말을 해야 될까, 어쩔까 사실 좀 망설였는데 네가 나연이한테 계속 오해하고 있을까 봐 말하는 거야. 나연이가 후회 많이 하더라."

"뭘? 뭘 후회해?"

"널 도둑으로 몬 거. 중학교 때 이야기까지 꺼내서 널 힘들게 했다고. 나연이는 네가 그렇게 힘들어할 줄은 몰랐나봐."

이건 무슨 소리지? 나는 너무 기가 막혀서 지영을 바라봤다. 나는 은수를 도둑으로 몰지 않았다. 맹세코 나는 그런 말을

내가 죽은 다음날

한 적이 없었다. 은수가 말은 하지 않지만 분노를 꾹 참는 것이 내 눈에는 보였다.

"나도 미안해. 나도 나연이 말만 듣고 널 오해했어. 네가 마음 풀었으면 좋겠다."

"……"

"나연이도 사고만 당하지 않았다면 너한테 미안하다고 말했을 거야."

"됐어. 나연이 사과 필요 없어."

"내 사과는? 그것도 필요 없어?"

지영이 은수를 쳐다봤다. 지영은 침착하고 당당해 보였고 그 표정은 호소력이 있었다. 오히려 은수가 당황하는 것 같았다.

"됐어. 오해가 풀렸으면 된 거지, 뭐."

은수가 우물거리듯 말했다. 지영은 생긋 웃었다. 그러고는 차분한 목소리로 이야기를 계속했다. 나연이 사고를 당해 하룻밤에 세상에서 사라지는 것을 보고 느낀 게 많았다, 친구들이 너무 소중하다는 것을 느꼈다, 은수 너도 내 소중한 친구다……. 은수는 고개를 끄덕였다.

"고마워. 내 얘길 들어줘서. 오해가 다 풀렸으니 우리 이제 잘 지내보자. 나연이 봐. 죽고 사는 거 정말 웃기는 일이잖아? 언제 죽을지 모르는데 불편하게 지내기 싫어."

지영은 자연스럽게 은수의 팔을 잡았다. 은수는 뿌리치지 않았고 둘은 교실로 돌아갔다. 수업을 알리는 벨 소리가 울리고 소란스럽던 복도에는 금세 정적이 감돌았다. 나는 복도 구석에 멍하니 서 있었다.

지영이 은수에게 왜 그런 말을 했는지 그 의도를 알 수 있었다. 지영은 나를 학폭 사건의 배후로 만들어버렸다. 나는 사고로 죽었고, 아무 말도 할 수가 없다. 모든 게 나 혼자만의 책임이 되면 경찰서에 갈 일도 없다. 사건은 해결되고, 종료되었다.

은수도 그걸 받아들였다. 은수는 나를 미워하고 있었다. 은수를 괴롭힌 건 지영이었지만 그걸 지켜보며 도와주지 않았던, 옆에서 방관만 하고 있던 내가 지영보다 더 미운 것이다.

이해할 수 있었다. 은수가 지영과 한패가 돼서 나를 괴롭혔다면 나도 지영보다 은수를 더 미워했을 것이다. 모든 걸 내 소행으로 인정하기만 하면 은수는 지영과 가까워지고 그건 교실에서 일종의 신분상승이었다. 은수도, 지영도 모두가 행복해진다. 나만 빼고 모두가.

나는 온몸에 스르르 힘이 빠져나가는 것을 느꼈다. 나에게는 몸이 없다. 그것은 심리적인 착각일 뿐이다. 그럼에도 나는 쓰러질 것만 같았다. 만약 내가 살아 있었다면 나는 죽고 싶다고 중얼거렸을 것이다. 죽고 나면 모든 것이 끝이라고 생각했으니까. 죽음이란 아무것도 들리지 않고, 보이지 않고, 마치 깊은 잠이 든 것처럼 의식이 사라진 절대적인 평화라고 생각했으니까. 만약 내가 죽으면 남은 사람들은 내 죽음에 마음 아파하며, 두고두고 나에게 미안해하고, 나를 그리워해줄 거라고 믿었으니까.

모든 것은 나의 오해, 나의 착각이었다. 죽음은 끝이 아니다. 세상은 여전히 존재하고 사람들은 살아간다. 기억은 이어진다. 단지 내 발언권만 박탈되었을 뿐이다. 부당하다고 해도 나는 외칠 수 없다. 잘못되었다고 해도 내가 할 수 있는 것은 없다. 은수는 내 말에 귀를 기울이지 않을 것이고, 내가 바로잡을 수 있는 수단은 없다.

나는 텅 빈 운동장을 걸어 나오며 중얼거렸다. 사라지고 싶다고, 모두 다 벗어버리고 사라지고 싶다고, 나를 사라지게 해달라고…….

아이들의 웃음소리가 배경음악처럼 들려왔다. 꼭 나를 비웃는 것 같았다.

엄마는 비명을 지르며 일어났다. 엄마는 계속 불면증 약을 먹었고, 낮이나 밤이나 반은 잠들고 반은 깬 상태로 지냈다. 핸드폰이 울리고 있었다. 머리맡에 있는 엄마의 핸드폰은 아니었다. 엄마는 비틀비틀 거실로 나가 새아빠가 흘리고 나간 핸드폰을 받았다.

"오윤수 씨 폰인가요? 현수막을 보고 전화드렸습니다."

"맞긴 한데 현수막이라뇨?"

"사고 목격자를 찾는 현수막 붙이지 않으셨어요?"

아무것도 알지 못했던 엄마는 멍했다. 전화 속의 남자는 그날 밤 늦게 이상한 트럭을 보았다고 말했다. 엄마는 남자의 이야기를 진지하게 받아 적었다. 남자는 트럭의 차량번호까지 말해주었다. 받아 적던 엄마가 물었다.

"저, 그런데……. 왜 경찰에 신고하지 않으셨어요?"

"예?"

"목격하셨으면 경찰에 알리셔야 하잖아요."

그러자 남자가 버럭 화를 냈다.

"기껏 전화를 해줬더니 왜 따지고 그래요. 믿기 싫으면 관두던가."

"그게 아니라……."

전화는 일방적으로 끊겼다. 엄마는 남자가 불러준 차량번호를 소중하게 접어 지갑 안에 넣었다. 그게 다가 아니었다.

얼마 후에는 어떤 여자가 전화를 걸어 사고를 당해 죽은 사람이 누구인지, 언제 장례를 치렀는지 등등을 꼬치꼬치 묻더니 결국 하느님을 찾아오라는 선교를 펼치기 시작했다.

"이건 하느님이 자매님을 특별히 사랑해서 주시는 시련이에요. 우리는 주님께 감사해야 돼요. 이걸 통해 우리는……."

"감사? 감사라고 했어? 내 딸이 죽은 걸 감사하라고? 당신 하느님은 정신병자야! 사랑한다면서 이딴 짓을 한단 말이야? 당신 하느님 데리고 와! 데리고 오라고! 이 정신병자야!"

엄마는 있는 대로 소리치고는 전화기를 집어던져 버렸다. 그런 후에도 엄마는 화를 삭이지 못해 한참을 씩씩거렸다. 장난 전화는 그걸로 끝이 아니었다. 내가 범인인데 너희들은 나를 못 잡을 거라면서 놀리는 전화도 있었다.

새아빠가 밤에 집으로 왔을 때 엄마는 새아빠를 향해 전화기를 집어 던졌다.

"지금 뭐하는 거야? 현수막? 왜 나한테 말 안 했어?"

"범인을 잡아야 할 거 아냐?"

"미리 말을 했어야지. 왜 아무것도 모른 채 하루 종일 미치광이들 전화나 받게 만들었냐고!"

"계속 자고 있는데 어떻게 말을 해?"

"핑계 대지 마! 당신은 늘 핑계만 대고 있어. 차용증서는 찾았어?"

"……."

"차용증서나 찾아. 엉뚱한 걸 핑계 삼아 빠져나가려고 하지 말고."

"핑계라니? 내가 뭘 핑계로 삼는다는 거야?"

"나연이 범인 잡는다고 돌아다니는 거 말이야! 당신이 경찰서 가서 항의하고 온 동네 다니면서 목격자 찾아다니는 거 알고 있어. 그래서 뭘 찾기는 찾았어?"

"사고 지점 근처 CCTV에서 사고 차량일 것 같은 사진이 찍혔어. 흰색 승용차인데 차종은 잘 모르겠대. 구형 쏘나타이거나 아니면 SM5일 거라고 하던데……. 그래서 목격자를 찾아야 하는 거야. 그럼 나연이를 죽인 범인을 찾을 수 있을 거야. 내가 꼭 잡고 말 거라니까."

"왜 그래?"

엄마가 낮게 깔린 목소리로 차갑게 말했다.

"나연이가 당신 딸이야?"

"여보……."

"당신 할 일이나 하라고. 차용증서나 찾아, 응?"

엄마의 목소리는 너무 차분하고 말투는 농담인 양 가벼워서 더 섬뜩했다. 그 가벼운 말투 아래 엄마는 증오와 분노를 담고 있었다. 엄마, 이건 아니라고, 나는 말했다. 새아빠가 사업에 실패했고, 돈을 못 벌었고, 재판에 결정적인 차용증서까지 잃어버리기는 했지만 그래도 이건 아니라고. 엄마는 문을 꽝 닫고 방으로 들어가 버렸다.

새아빠는 냉장고에서 소주병과 김치통을 꺼내들고 식탁에 앉아 술을 마시기 시작했다. 씻어놓은 잔이 없어서 커피잔에

술을 부어 마셨다. 나는 방에서 나와 새아빠 앞에 앉았다. 흐트러진 옷매무새, 부스스한 머리칼. 내가 평소에 가장 싫어하던 모습이었다. 루저 같아 보이는 추레한 모습.

나는 새아빠를 처음 만났던 때를 기억했다. 그때 새아빠는 사랑에 빠져 행복한 얼굴이었다. 새아빠는 엄마의 무엇을 사랑했을까. 명문대 미대를 졸업했지만 불행한 결혼으로 생활에 지친 엄마에게 연민을 느꼈던 것일까. 열 살짜리 딸을 뒀지만 여전히 여학생 같아 보이는 예쁜 얼굴에 끌렸던 것일까. 그때 새아빠의 얼굴에 흐르던 미소, 자신에게 닥친 행복과 행운을 너무 과분하다고 말하는 듯하던 그 미소를 기억했다.

그 미소는 내게도 해당되었다. 내가 새침하게 굴면 굴수록, 뚱하면 뚱한 대로 새아빠는 신기하고 소중한 물건을 보는 듯 재미있어했고, 좋다는 감정을 감추지 않았다. 그런데 나는 새아빠의 그 미소, 그 호의를 싫어했다.

내가 고등학교 1학년 때 시험공부를 하느라 국어책을 펴놓고 있을 때 새아빠가 내 방으로 들어왔다. 나는 매너 없이 방문을 벌컥 열고 들어오는 게 너무 싫어서 고개도 돌리지 않았다. 새아빠는 초콜릿을 건넸다.

"안 먹어요. 살쪄."

"괜찮아. 네가 무슨 살이 있다고."

그러면서 새아빠는 내가 펴둔 국어책을 보더니 옛날 친구를 만난 것처럼 반가워했다.

"「관동별곡」이잖아! 나도 이거 배웠는데."

나는 평소에 새아빠가 학력 콤플렉스가 있다고 생각했다. 고등학교 과정이야 비슷한 법일 텐데 조금 아는 것만 나오면 나도 그걸 배웠다며 알은체를 했다. 나는 그게 싫어서 대꾸도 하지 않았는데 새아빠는 국어책을 가지고 가서 읽었다.

"노국 좁은 줄도 우리는 모르거니 넓디넓은 천하 어이하여 좁단 말고. 아, 이거 우리도 배웠지. 이건 말이야."

공자가 동산에 올라가 보니 노국이 좁은 줄을 알겠고, 태산에 올라가 보니 천하가 좁은 줄을 알겠다고 한 말에서 유래한 건데 어쩌고저쩌고. 새아빠는 신이 나서 아는 걸 늘어놓았지만 나는 새아빠도, 공자도, 「관동별곡」도 다 싫었다. 그래서 책을 빼앗으며 소리쳤다.

"귀찮으니까 방해하지 말라고!"

내가 생각해도 버릇없는 짓이었다. 새아빠는 화가 났는지 아니면 무안했는지 표정이 멈칫했다. 나도 내가 한 짓에 놀라서 움찔했는데 새아빠가 다시 씩 웃었다.

"그, 그래. 공부해."

그러고도 안심이 안 되는지 새아빠는 초콜릿을 책 위에 얹었다.

"피곤할 때 먹어."

나는 새아빠가 화내는 게 아니라는 것을 알고는 안도했고 동시에 다시 화가 났다. 마치 새아빠가 미안해하면 내게 화낼 권리가 주어지는 것처럼. 호의가 계속되면 권리인 줄 안다는 건 만고의 진리이다. 나는 시건방지고 제멋대로 굴었다. 이제야 그것을 분명히 알겠다. 나는 동산에 오르지 못한 공자처럼 내 세상이, 내 마음이 얼마나 좁아터진 것인 줄을 몰랐다.

나는 새아빠 앞에 조용히 앉아 술 마시는 모습을 바라봤다. 반쯤 남아 있던 소주병이 금세 다 비었다. 새아빠가 중얼거렸다.

"내가 범인을 잡고 말거야. 꼭 잡고 말거야."

아빠, 그게 아니잖아. 아빠는 지금 함부로 말하는 엄마한테 화를 내야 하잖아. 왜 그런 소리를 하느냐고 따져야 하잖아!

나는 답답해서 외쳤다.

새아빠가 더 크게 외쳤다.

"내가 못 잡을 줄 알아? 두고 보라고!"

새아빠가 생각해낸 것은 페이스북과 트위터에 제보를 요청하는 글을 올리는 것이었다. 새아빠는 밤에 잠도 안 자고 낑낑대며 내 억울한 사고를 하소연하는 글을 썼다. 나는 새아빠가 쓰는 글을 옆에서 지켜보았다. 사고와 관련된 부분을 제외하면 모두 거짓말이었다.

> 우리 나연이는 착하고 예쁜 딸이었습니다. 제가 능력이 없어서 마음껏 밀어주지는 못했지만 그림에 아주 빼어난 재능을 가지고 있었고 화가가 꿈이었지요.
> 언제나 상냥하고 착한 딸이었습니다. 제 친딸은 아니지만 친딸 이상으로 사랑했고 나연이도 저를 무척 따랐습니다.

새아빠는 일말의 머뭇거림도 없이 그 부분을 썼지만 나는 민망해서 건너뛰고 읽었다. 새아빠는 차종이 무엇인지 밝혀달라고 썼다. 경찰에서는 그거라도 확인되면 서울 경기 지역의 모든 카센터를 확인해서 범인을 잡을 수 있다고 했다는데 확인이 어려운 모양이었다. 새아빠는 경찰에서 얻어온 사진까지 올렸다. 근처 CCTV에 찍혔다는 의심 차량의 사진이었다. 사진은 선명하지 않아 흰색 승용차라는 것만 알 수 있었고, 사실은 그게 사고 차량인지도 불분명했다. 그럼에도 새아빠는 확신을 가지고 있는 것 같았다.

"얼마 전에도 뺑소니 사고가 있었는데 네티즌 수사대가 차량을 찾아냈어. 인터넷에서 난리가 나니까 범인이 그걸 알고 겁에 질려 자수했다고."

새아빠는 동생을 붙잡고 말했다. 새아빠가 하는 말을 들어줄 사람은 여섯 살짜리 동생뿐이었다. 동생은 뭐가 뭔지도 모르는 얼굴로 막연히 누나와 관계된 일이라니까 굉장히 중요한 것이라 생각하면서 새아빠 옆에 붙어 있었다.

"그렇지만 절대로 엄마한테 말하면 안 돼, 알았지?"

새아빠는 동생에게 몇 번이나 다짐했다. 나는 쓸쓸하게 웃었다. 새아빠가 엄마에게 뭔가를 숨길 수 있다니, 엄마 몰래 뭔가를 할 수 있다고 믿다니 새아빠는 여전히 순진했다. 엄마는 새아빠가 틈만 나면 컴퓨터 앞에 앉아 있는 낌새를 놓치지 않았고, 새아빠가 집을 비우자마자 컴퓨터를 열어보았다. 엄마는 새아빠가 페이스북에 올린 글을 쉽게 찾았고 그 아래 달린 댓글까지 모두 읽었다.

댓글은 몇 개 없었다. 새아빠의 바람과는 달리 사람들은 내 사건에 관심을 기울이지 않았다. 애초에 인터넷에 올리기만 하면 사람들이 관심을 가지고 해결해줄 거라는 새아빠의 믿음은 촌스럽고 어리석은 것이었다. 나의 사고, 나의 죽음은 너무 흔한 것이었다. 드라마틱하지 않았다. 나보다 훨씬 더 비극적이고 비참하게 죽는 애들도 많았다. 오히려 나에 대해 쓴 댓글 하나가 더 이목을 끌었다.

- 얘, 우리 학교 일진이고 왕따 주범이었어요.

제목은 그랬다. 나는 엄마가 제발 그 댓글을 보지 않기를, 클릭하지 않기를 바랐지만 헛일이었다. 읽지 말아야 할 내용은 신기하게도 사람을 저절로 끌어당긴다. 엄마는 그 댓글부터 정확하게 클릭했다. 작성자는 우리 학교 학생 같았다.

얘, 우리 학교라 잘 알아요. 친하진 않았지만 악명이 높아 모를 수 없죠. ㅋㅋㅋ

사고당해서 죽은 건 불쌍한데, 솔직히 별로 슬프진 않아요.

얘, 완전 날라리에 일진이었어요. 그런 애들 학교마다 있잖아요. 매일 왕거울이나 들여다보며 숨도 못 쉴 정도로 교복을 몸에 딱 맞게 줄여서 입고 다니는 애들. 소위 껌 좀 씹고 다니는 언니야들. 지들끼리 몰려다니며 교실에 있는 애들 놀리고, 뒤에서 씹고, 지들이 대단한 줄 착각하고 사는 애들. 얘가 딱 그랬어요.

얘, 죽기 전에 학폭으로 고발당했는데, 피해자가 자살 기도를 했거든요. 유서에 얘랑 얘 친구가 심하게 은따시키고 괴롭혔다고 썼어요. 아마 살아 있었으면 처벌을 받았겠죠. 운이 좋은지(?) 사고가 나는 바람에 유야무야됐어요. 피해자는 다행히 목숨에 지장이 없어서 학교 계속 다니구요. 엽기적인 게 뭐냐면, 여기 사고당한 애와 학폭 피해자는 친구였대요. 그런데 피해자한테 도둑 누명까지 뒤집어씌웠다고 하대요. 진짜 인간성 짱쓰레기.

가족들이야, 자기 자식이니까 감싸고 싶겠지만 자식이 학교 와서 일진 짓 할 때는 가족들도 책임 있는 거 아니에요? 제대로 좀 알아보던가. 뭐가 억울하다는 건지 모르겠어요. 자기 자식 때문에 다른 애가 죽을 뻔했다는데. ㅋㅋ

학교 애들도 아무도 얘 불쌍하다고 하지 않아요. 내 생각도 그렇구요. 남한테 피해 주면 안 되는 거잖아요. 죽었으니 더 험한 욕은 안 하겠지만, 학폭은 뿌리 뽑아서 강하게 처벌해야 한다는 게 내 생각이에요. 선량한 학생들을 보호해야죠. 그게 학교와 사회의 책임 아닌가요?

그 밑에는 다시 댓글이 주르르 달려 있었다.

- 어, 죽은 애가 학폭이네. 학폭 하나 제거.
- 그래도 고인인데 너무 말 심하게 하지 맙시다.
- 가족이신가? 씹선비질 핵노잼.
- 원글 내려라. 학폭 새끼 키워놓고 뭔 범인 타령?
- 이런 애들한테는 관심 무. 도와야 하는 사람들은 차고 넘쳤음.

나는 베란다로 달려 나가 아래로 뛰어내렸다. 땅이 몸에 부딪쳤다. 충격과 함께 온몸이 아팠지만 내게 아무런 영향을 미칠 수 없다는 것을 나는 알고 있었다.

나는 달렸다. 심장이 터졌으면 좋겠다고 생각했다. 터져서 가루가 나버렸으면, 바람 속에 내가 다 흩어져버렸으면……. 하지만 내 심장은 이미 멈추었다.

나는 더 세게 달렸다. 어느 모퉁이에서 누군가와 부딪쳤다. 멍하니 졸고 있던 추레하고 늙은 영이었다.

"꼬맹아, 눈 좀 뜨고 다녀?"

"죽는 것도 아닌데 뭘 그래요!"

나는 돌아보지도 않고 소리쳤다. 사실은 죽어버리라고 소리치고 싶었다. 예전에 지영과 어울려 다니며 병들고 초라한 노인들을 보면 저렇게 사느니 왜 죽지 않느냐며 개탄했었다.

우리는 많은 것을 개탄했었다. 뚱뚱한 여자, 가난한 아저씨 아줌마들, 못생긴 연예인, 키 작은 남자애, 지저분한 선생님……. 차라리 죽지, 왜 사니. 살 필요 있어? 고만 살아라, 제발. 죽지도 않네. 후달리면 뒈지시던가. 댓글에도 수없이 썼다. 님 바보임? 그냥 죽어요, 예?

죽어, 죽어, 죽어, 죽어…….

그 말이 내 머리에서 계속 맴돌았다. 나는 길바닥 아무 데나 누웠다. 제발 내가 죽어버리기를…….

내가 죽은 다음날

엄마는 학교로 찾아갔다.

"그거 애들 장난이야. 요즘 애들이 얼마나 험한 말을 잘하는데. 그냥 잊어버려."

새아빠가 엄마를 말렸지만 엄마는 듣지 않았다. 택시를 잡아타고 곧장 학교로 간 엄마는 담임에게 면담을 요청했다. 마침 공강이던 담임은 엄마를 진학지도실, 내가 학폭으로 조사받았던 그 방으로 데리고 갔다. 엄마는 핸드폰을 꺼내 문제의 댓글을 담임에게 보여주었다.

"후……."

담임은 한숨과 함께 시선을 허공을 향해 던졌다. 엄마는 침착하게 담임이 입을 열기를 기다렸다. 이윽고 담임은 마음을 정한 듯 엄마를 쳐다봤다.

"어머니, 사고로 힘드실 줄은 알지만……. 그냥 모른 척하시죠."

엄마는 충격을 받은 것 같았다.

"모른 척하라뇨? 그럼 이게 다 사실이라는 거예요?"

"다 지난 일입니다. 학폭 사건도 다 정리됐어요."

"사실이라는 거예요? 이거 쓴 사람 찾아주세요. 이름 나와 있잖아요."

엄마 목소리가 높아졌다.

담임은 한숨을 푹 쉬고는 대답했다.

"어머니 입장에서는 괘씸하시겠지만 이젠 끝난 일이고, 금방 잊힐 거예요. 그걸 누가 봅니까?"

"이 밑에 댓글 좀 보세요. 어제는 한 명뿐이었지만 그 밑에 다른 애들이 얘 말이 맞다고 해뒀잖아요. 다른 사람들이 사정도 모르면서 같이 욕한 거 안 보이세요?"

담임은 엄마를 물끄러미 쳐다봤다.

엄마도 담임의 시선을 피하지 않았다.

"선생님도 우리 나연이가 학폭이었다고 믿으시는 거네요."

"다 지난 일인데……."

"우리 나연이가 죽었으니 넘어가자고요? 죽은 애라고 이러실 수 있어요? 누구예요? 피해자라는 애가? 사실이라면 피해자가 있을 거 아니에요?"

"피해자가 자살 기도까지 했습니다. 은수가 이제 겨우 학교에 다시 나와 적응하고 있는 상태라……."

"은수? 이은수요? 걔는 우리 나연이랑 제일 친한 친구인데, 걔가 피해자예요?"

"은수 병원에 다녀오다 사고를 당한 겁니다."

담임은 곤혹스러운 이 사태가 어서 끝나기를 바라는 표정이었다.

엄마는 정면을 노려보며 기다렸다. 잘못되고 부당한 것을 바로잡겠다고 생각하는 사람의 비장한 표정.

엄마가 천천히 일어섰다.

"그러니까 선생님은 우리 나연이한테 다 뒤집어씌우는 걸로 끝을 내고 싶다는 거네요. 그럼 이건 제가 알아서 할게요. 절대로 이렇게는 못 넘어가요."

담임은 아무 말도 하지 않았다.

엄마는 부적이라도 되는 양 가방을 꽉 움켜쥐고 건물 밖으로 나왔다.

여름이 다가오는 운동장에는 아이들이 공을 들고 체육 수업을 받고 있었다. 공은 허공으로 튀어 올랐다 떨어지기를 반복하고 그 밑에서 아이들이 소리를 지르고 헛발질을 해가며 땀을 흘리고 있었다. 엄마는 잠시 멈춰 그 아이들의 모습을 지켜보았다. 나는 엄마에게 말했다.

엄마, 그냥 집으로 가. 그냥 가, 제발. 담임 말이 맞아. 다 지난 일이야…….

엄마는 내 말을 듣지 않았다. 엄마는 교문 앞에서 아이들이 수업을 마치고 나오기를 기다렸다. 서너 시간은 족히 기다려야 하지만 엄마는 시간 감각을 상실한 것 같았다.

운동장의 웃음소리가 교문 앞까지 울려 퍼졌다. 수업을 마치는 종소리가 울리자 왁자한 소음이 터져 나오고 이어서 종소리와 함께 정적이 찾아들었다. 소음과 정적, 정적과 소음이 반복되는 사이 엄마는 멍하니 서 있기만 했다. 미동도 하지 않고 시선은 허공 어딘가에 그저 걸려만 있었다.

이윽고 학생들이 교문 밖으로 나오기 시작했다. 우리 학교는 자율학습이 비교적 자유로웠다. 성적이 우수한 학생들만 따로 뽑아서 도서관에서 강제 자습을 시켰고 나머지 학생들은 교실에 남아서 자습하거나 핑계를 대고 일찍 나올 수도 있었다. 학교에서는 자율에 맡긴다고 표현했지만 사실은 격리시키는 것이었다. 나도 그렇고 지영도 혜라도 은수도 자습에 방해되는 아이들로 분류되었다.

은수는 지영과 함께 나왔다. 둘이 이야기를 나누는 모습이 다정해 보였다. 혜라는 이어폰을 꽂고 걸으면서도 핸드폰에 눈을 떼지 않은 채 몇 걸음 뒤처져 걸어왔다.

엄마가 은수에게 다가왔다.

"은수야."

은수는 엄마를 보고 흠칫 놀라는 것 같았지만 이내 고개를 꾸벅 숙여 보였다.

"은수야. 너한테 이야기 좀 들어보려고 왔어. 우리 나연이가 학폭이었다는데, 네가 피해자였다는데 사실이니?"

지영은 은수 뒤에 조금 떨어져서 엄마를 쳐다봤다. 혜라도 이어폰을 뽑으며 걸음을 멈췄다. 엄마는 핸드폰 화면을 은수에게 건넸다.

"이것 좀 봐. 이런 글이 올라왔어. 이거 사실 아니지?"

"전 몰라요. 그러니까, 이거 누가 썼는지 전 몰라요……"

은수가 우물거리듯 말했다.

"그래 알아. 이 내용도 다 거짓말이지?"

"……"

"은수야, 넌 우리 나연이랑 제일 친했잖아. 나연이가 널 도둑으로 몰았다고? 널 왕따시켰다고? 아니잖아? 네가 밝혀줘야지."

하교하던 아이들이 걸음을 멈추고 무슨 일인지 지켜봤다.

은수가 입을 열었다.

"저한테 이러지 마세요. 저는 학교에 이야기 다 했어요."

"이게 다 사실이라고? 은수야, 똑바로 말해. 그게 사실이 맞아?"

지영이가 와서 은수의 팔을 잡아끌었다. 마치 위기에 빠진 은수를 구해준다는 얼굴이었다. 은수도 지영을 쫓아 자리를 뜨려고 했다.

엄마가 은수를 붙잡고 외쳤다.

"은수야, 사실대로 말해. 나연이가 그럴 리가 없어. 네가 잘 알잖아?"

"전 사실대로 학교에 다 말했어요. 학교에 물어보시라고요!"

은수는 뛰어가 버렸다. 지영이 그 뒤를 마치 엄호하듯 쫓아갔다. 아이들은 엄마를 힐끔거리며 자기들끼리 수군거렸다.

"피해자를 붙잡고 왜 저래?"

"다들 자기 딸은 착한 줄 알지. 우리나라 엄마들은 저게 문제야. 자기 자식만 편드는 거."

사정을 모르는 아이들은 다른 아이들에게 자초지종을 묻기도 했다. 아이들의 요약은 간단명료했다.

"얼마 전 교통사고 당해서 죽었다는 애, 걔가 학폭이었대. 친구한테 도둑 누명을 씌웠는데 걔 엄마가 와서 피해자 붙잡고 따지는 거야. 자기 딸 억울하다고."

"별꼴이야."

나는 은수와 지영을 쫓아갔다. 그 애들이 무슨 말을 하는지 듣고 싶었다. 그냥 엄마의 얼굴을 피해 그 옆을 떠나고 싶기도 했다.

버스 정류장은 수업을 마치고 나온 아이들로 혼잡했고 지영과 은수, 혜라는 다른 아이들과 서서 이야기를 나누고 있었다. 은수는 우리 엄마를 만난 것 때문에 꽤 충격을 받은 얼굴이었다.

"나연이 엄마 쫓아오는 거 아냐? 우리 아무거나 잡아타고 여기 뜨자."

혜라가 잔뜩 졸아든 얼굴로 말했다. 지영은 대꾸하지 않았다. 주변의 아이들이 은수에게 괜찮은지 물어봤다.

"괜찮아. 너무 걱정하지 마."

지영이 대신 대답해줬다. 아이들은 엄마가 학교까지 찾아온 건 너무하다고 불평했다.

"죽은 건 안됐지만 나연이가 잘못한 건 맞잖아."

그렇게 말하는 아이는 내 영안실까지 왔던 친구였다. 내가 기억하지도 못하는 사소한 점까지 꺼내 눈물 흘리던 친구. 은수 주변에 몰려 있던 애들 대부분도 마찬가지였다. 아이들 사이에서 나는 학폭의 가해자였고 은수는 피해자가 되어 있었다. 은수는 아무 말도 하지 않음으로써 그것을 부정하지 않았다. 은수와 내 위치가 바뀌었다는 것을 알았다. 내가 지영과 함께 은수를 따돌린 것처럼 이제는 은수가 지영과 함께 죽고 없는 나를 따돌리고 있었다.

슬프기도 하고, 화가 나기도 하고, 동시에 좀 우습기도 해서 나로서는 생전 처음 느껴보는 묘한 기분이 들었다. 분명 속상하고 고통스러운 상황이지만 다른 한편으로는 모든 아이가 좀 유치해 보이기도 했다.

분위기에 휩쓸려 함부로 떠들어대는 말들, 책임지지 않을

추측과 단정들. 은수가 왕따당할 때는 아무 이야기도 하지 않았고, 도와줄 생각조차 없었으면서 갑자기 모두 은수 편이 되어서 나를 비난하는 가벼움. 그 모든 것이 유치해 보였다.

나는 아이들한테서 떨어져 몇 발자국 물러났다. 나처럼 혼자 뚝 떨어져 서 있는 아이가 있었다. 성아였다. 성아는 여전히 아무한테도 관심이 없는 듯 이어폰을 끼고 핸드폰을 들여다보고 있었다. 나는 성아와 친하진 않았지만 성아는 아무와도 친하지 않았다. 성아는 늘 핸드폰만 들여다보며 남들은 보지도 않는 희한한 유튜브 동영상을 찾아내고, 그걸 블로그에 올리며 평을 쓰고 그러면서 늘 혼자 놀았다.

성아는 평범한 얼굴이었지만 이어폰과 핸드폰 영상에 푹 빠져 있는 표정 때문에 아주 예뻐 보였다. 혼자 시간을 보낼 수 있다는 것, 혼자이길 선택할 수 있다는 것은 얼마나 대단한 일인가. 나는 성아가 다른 애들에게 휩쓸리지 않는 모습만으로도 그 애가 아주 특별한 개성을 가진 것처럼 대단해 보이고, 좋아졌다. 내가 죽지 않았다면 성아와 친구가 되었을 텐데.

나는 왜 성아처럼 되지 못했을까. 친구들에게 휩쓸리는 대신에 혼자 있지 못했을까. 나는 언제나 아이들이 떠들어대는 사소한 말에 기분이 상하고, 상처를 받았다. 아이들 속에 끼어 있어야 안심이 되었다. 그래서 언제나 아이들과 비슷한 이야기를 하고, 비슷하게 되려고 애를 썼다.

안 그래도 되는 거였다. 혼자 있어도 충분했고, 나에게는 은수도 있었다. 나는 조금 외로운 것을 선택하지 못했다.

버스 두 대가 동시에 왔다. 아이들은 죄다 몰려 버스에 올라탔다. 은수는 버스에 올라타며 지영을 향해 손을 흔들었다. 의아했다. 내가 알기로 지영도 은수와 같은 동네에 살았고 같은 버스를 탔다.

하긴 지영이 곧장 집으로 가는 것도 이상하다면 이상한 일이었다. 지영은 늘 놀다가 늦게 집으로 갔다. 집에서 야자를 빼먹으면 야단을 맞는다는 것이다. 그럼 왜 혜나 은수와 놀지 않을까. 지영은 다음 버스를 탔다. 집과는 상관없는 엉뚱한 노선의 버스였다. 지영은 어디로 가는 것일까.

지영이 내린 곳은 우리 학교에서 좀 떨어진 대학가 부근이었다. 가끔 책이나 옷을 사러 몇 번 왔던 곳이지만 즐겨 찾는 곳은 아니었다. 지영은 상가 거리 뒷골목에 있는 커피숍을 찾아갔다. 미리 약속한 듯 지영은 2층으로 올라갔다. 그곳에는 누군가 먼저 와서 지영을 기다리고 있었다. 민재였다.

지영은 환하게 웃으며 다가가 민재 앞에 앉았다. 민재는 지영에게 뭘 마실 거냐고 물어봤다. 지영은 아이스 아메리카노가 좋다고 말했지만 빙수를 먹자는 민재의 말에 순순히 고개를 끄덕였다. 그렇게 순순히 대답하는 지영의 모습을 나는 처음 봤다. 여전히 까칠한 표정이었지만 지영은 즐거워하고 있었다.

민재가 주문을 하기 위해 아래로 내려가자 지영은 거울을 꺼내 얼굴을 살폈다. 지영은 언제나 예뻤지만 오늘은 유난히 더 예뻤다. 스스로도 자신이 예쁘다는 것을 알고 있었고, 지영은 만족스러운 얼굴로 민재를 기다렸다.

민재가 조심스럽게 빙수 그릇을 들고 왔다. 곱게 갈린 얼음이 눈처럼 쌓인 빙수 위에는 망고와 블루베리가 선연한 색깔로 장식되어 있었다. 지영이 작은 스푼으로 블루베리를 떠서 입안으로 가져갔다. 어둡고 짙은 색깔의 블루베리 열매가 지영의 붉은 입술 사이에서 잠시 머물렀다 사라졌다. 지영은 빙수를 떠먹으며 우리 엄마가 학교에 찾아왔다는 이야기를 꺼냈다.

"나연이가 정말로 은수한테 도둑 누명을 씌웠는지 따지는 거야. 난처해서 혼났어."

"근데 그 소문을 낸 사람이 정말 나연이 맞아? 뭔가 오해가 있는 거 아냐?"

"나도 정말 이상해. 하지만 애들이 다들 나연이한테 들었대. 은수도 나연이 짓이래."

"미술실에서 나연이랑 몇 번 이야기한 적이 있어. 그때 나연이가 은수랑 굉장히 친한 것 같았거든."

"알아. 나랑 다 같이 붙어 다녔어. 그렇지만 나연이가 정말로 은수를 좋아한 것 같지는 않아. 솔직히 말하면 나도 은수를 그다지 좋아하지는 않았어. 애가 뭐랄까, 눈치가 좀 없다고 할까. 나연이가 보이지 않게 스트레스를 많이 받았나봐. 왜 나까지 소문에 끌어들였는지 그건 좀 이해가 안 되지만."

"친구끼리 뭐가 그렇게 복잡해?"

지영은 생긋 웃었다. 민재가 팔을 뻗어 지영의 입가에 묻은 팥을 닦아주었다. 지영은 민재가 하는 대로 가만히 있었다.

두 사람은 언제부터 사귄 것일까. 내가 죽기 전은 분명 아닐 것이다. 그렇다면 내가 죽던 날 영안실에서부터 시작된 것일까. 나는 민재와 지영이 같은 상에서 밥 먹던 모습을 떠올렸다. 지영은 그날 많이 울었고 병원을 나선 후 민재가 지영을 위로해주었을 것이다. 나에 대한 추억과 기억들을 나누며 둘은 가까워졌는지도 모른다.

나는 그 자리를 떠났다. 더는 듣고 싶은 이야기도, 확인하고 싶은 사실도 없었다. 나는 민재와 지영으로부터, 살아 있는 사람들의 목소리와 웃음소리로부터 벗어나고 싶었다. 영들이 모여 있는 곳이 있다면 그곳으로 가고 싶었다. 하지만 나는 그런 장소를 몰랐다.

나는 외로웠다.

거리에는 어둠이 내려와 있었다. 나는 극심한 피로감을 느꼈다. 내 다리는 무겁고, 어딘가 쓰러져 잠들고 싶었다.

이미 그렇게 쓰러져 잠들어 있는 영도 보였다. 나는 걸음을 멈추고 초라한 전신주 아래 몸을 웅크리고 누워 자고 있는 영을 바라봤다. 늙은 할아버지 영이었다. 나는 그의 주름진 얼굴과 염색한 게 분명한 검은 머리카락을 바라봤다. 검은 머리카락은 그가 병으로 죽은 것이 아님을 말해주었다. 병환 중이라면 염색하지는 않았을 테니. 그도 나처럼 사고로 죽은 것일까. 사고로 죽었어도 살 만큼 살고 죽었으니 나만큼 억울하지는 않겠지, 하고 생각하며 발을 옮기려는데 그가 갑자기 눈을 떴다.

"왜 날 그렇게 쳐다보니?"

"죄송해요."

나는 나 때문에 잠이 깼나 싶어 서둘러 자리를 뜨려고 했다. 할아버지는 웃으며 나를 붙잡았다.

"괜찮아. 자고 있던 게 아니야."

"잠든 게 아니라구요?'

"잠이라니. 영들이 잠을 자지 못한다는 것을 모르는 걸 보니 넌 아직 초보구나. 잠들고 꿈꾸는 건 산 자들의 특권이지.

잠드는 게 부러워서 자는 척하고 있었어. 아무 생각 없이 누워 있으면 꼭 잠이 들 때처럼 느껴지거든. 그런데 너는 얼굴이 왜 그래? 곧 죽을 사람 같구나."

할아버지는 마치 자신이 대단히 재치 있는 농담을 했다고 생각하는지 껄껄 웃었다. 나는 대꾸할 힘도 없었다.

"왜 그러는지 얘기해볼래? 처음엔 원래 할 얘기가 많은 법인데."

그건 맞는 말이었다. 나는 뭔가 말하고 싶어 속이 터져 버릴 것 같았지만 말문이 열리지 않았다. 무슨 말부터 해야 할까. 나는 더듬거리며 할아버지도 그랬냐고 물어보았다.

"그럼. 나도 죽은 직후에는 아무 영이나 붙잡고 내 이야기를 늘어놓았지."

"무슨 얘기를요?"

"조용한 데로 옮기자. 여긴 너무 시끄러워."

할아버지는 걸음을 옮겼고, 나는 그를 따라 터벅터벅 걸었다. 그는 나에게 왜 죽었는지, 얼마나 됐는지 그런 질문들을 했다. 나는 대답하기가 귀찮았지만 누군가와 이야기하는 것이 좋아서 짧게 대답했다. 할아버지도 이야기하는 것이 좋은지 자신의 이야기를 늘어놓기 시작했다.

"나는 자살했어. 아파트에서 뛰어내렸단다. 휙 하고."

마치 영화의 한 장면이라도 되는 양 할아버지는 자신의 죽음을 장난스럽게 묘사했다.

"이래 봬도 내가 살았을 때는 고위공무원이었어. 연금도 많았고, 노후를 충분히 여유롭게 보낼 정도의 재산도 모았지. 다들 내가 팔자가 좋다고 부러워했다니까. 내가 죽었을 때는 신문에 기사도 났어. 그런데 우리 집 애들이 회사에서 잘리고, 어떤 애는 직장도 못 구하고 그래서 내가 무리하게 부동산 투자를 했지. 오피스텔과 원룸을 지어서 월세를 받으며 사는 게 내 꿈이었지. 그러다 내 집과 땅을 다 날려 먹고 빚까지 떠안게 된 거야. 평생 남한테 아쉬운 소리를 해보지 않은 내가 빚에 몰렸다는 걸 남들이 아는 게 너무 자존심 상했어. 고생하며 사는 것도 너무 싫었고. 그래서 그냥 죽기로 했지. 죽으면 다 끝이라고 생각했거든."

"그런데 왜 여기 남게 된 거예요?"

"그러게 말이야. 정말로 죽기는 싫었나 보지. 내 자식들이 제대로 자리 잡고 사는 걸 보고 싶어서 내가 여기 남아 있는 건가 봐. 그런데 우리 애들은 지금 나를 원망하거든. 재산 다 날려 먹었다고."

"할아버지 재산이잖아요. 근데 왜 할아버지를 원망해요?"

할아버지는 싱긋이 웃었다.

"얘야. 원망하는 마음을 갖는 데 논리적인 이유가 필요한 게 아니란다."

"그렇지만 사람이 죽으면 죄도 용서하잖아요. 왜 원망만 해요?"

"자기들과 상관없는 죄는 쉽게 용서하지. 자신들 삶을 엉망으로 만들어놓으면 그 원망이 오래 가."

"정말이요……?"

"게다가 원망은 점점 더 깊어져. 내 잘못이 자기들 삶에 더 이상 영향을 미치지 못할 때까지."

나는 원망은 두렵지 않았다. 차라리 우리 가족이 나를 원망하더라도 내가 한 짓을 다 알아서 차용증서를 찾아내고 길바닥으로 쫓겨나지 않았으면 좋겠다. 다른 일들은 거기에 비하면 아무것도 아니다. 어떻게든 바로잡고 싶지만 아무것도 할 수 없다는 사실에 비하면 원망도 후회도 모두 가벼운 일일 뿐이다. 볼 위로 눈물이 흘렀다. 나는 내가 죽은 후로 내내 나를 붙잡던 생각을 쏟아내기 시작했다.

"이건 말도 안 돼요. 죽으면 모든 게 끝이라고 했잖아요? 왜 끝이 아니에요? 천국으로 가든 지옥으로 가든 다른 곳으로 가버려야 하잖아요? 왜 여기 이렇게 있어요? 여기 남아서 친구들이 나를 욕하고, 우리 가족이 나 때문에 고통을 겪는 걸 봐야 해요? 도대체 이게 뭐냐고요?"

할아버지가 나를 지긋이 쳐다봤다. 그러고는 목소리를 낮추고 말했다.

내가 살던 곳을 닮은 지옥

"네가 모르는 게 있는데, 여기가 바로 지옥이야. 우리는 지금 사람들이 지옥이라고 말하는 곳에 와 있는 거야."

이곳에

남아 있는

까닭

눈을 떴다. 기훈 오빠가 나를 내려다보고 있었다. 나는 주변을 돌아보았다. 내가 기훈 오빠를 처음 만난 커피숍 테라스였다. 아직 어두웠고 시간을 알 수 없었다. 그러나 지금이 몇 시인지 따위는 중요하지 않다.
 "정신이 들어?"
 나는 고개를 끄덕이며 자세를 고쳐 앉았다. 조금 전 일이 떠올랐다. 어떤 할아버지가 내가 지옥에 와 있다고 말해주었다. 그 말에 나는 발끈 화가 나서 내가 왜 지옥에 왔냐고, 내가 뭘 그렇게 잘못했냐고 따지고 악을 썼다. 할아버지는 웃기만 했다. 그 웃음이 나를 더 화나게 했다. 나는 미친 듯이 달려 그 자리를 떠났다. 그러고는 기억이 희미했다. 왜 기억나지 않는 것일까. 왜 나는 쓰러진 것일까. 영은 잠들지 못한다고 했는데.

"어떤 영한테서 우리는 잠들지 못한다고 들었어요. 그럼 의식을 잃는 일도 일어나지 말아야 하는 것 아니에요?"

"글쎄, 나도 모르겠어."

"오빠도 다 아는 건 아니죠? 그러니까 영의 세계에 대해 모르는 게 있는 거죠?"

"당연하지. 어디에서나 예외는 있는 거니까."

나는 고개를 끄덕였다. 예외라는 단어가 위로가 되었다. 그렇다면, 그렇다면······.

"좀 전에 만난 영이 말했어요. 우리가 지옥에 와 있는 거라고."

"지옥?"

"네. 죽어서도 떠나지 못하고 남은 사람을 지켜보고 있는 이곳이 지옥이래요."

"그런가?"

기훈 오빠는 미소를 지으며 담담하게 말했다.

"아니에요?"

"지옥이라면 그렇게 느낄 수도 있겠지. 여기 있는 것이 그렇게 고통스럽다면."

"오빠는 고통스럽지 않아요?"

"고통스러웠지. 맞아. 처음에는 지옥처럼 고통스러웠어."

"사람들이 오빠를 원망했어요?"

"아냐. 난 그런 건 아니었어. 그러니까 난……, 난 삼십 년 전쯤에 죽었는데……."

그때 기훈 오빠는 대학교 2학년을 마치고 휴학한 후 입대를 기다리고 있었다. 입대까지는 몇 달 남아 이런저런 아르바이트를 하던 중이었다. 마침 일당이 아주 좋은 아르바이트 자리가 들어왔다. 백화점 식품부에서 짐을 나르는 일이었다. 원래는 친구가 하려고 했던 일이었는데 사정이 생겨 오빠에게 넘겼고 오빠는 신이 나서 출근했다.

"딱 이틀 일했어. 이틀째 되던 날 오후에 백화점에서 뭔가 수상쩍은 일이 일어나고 있다는 느낌을 받았어. 에어컨이 자꾸 꺼지고, 정비반이 계속 바쁘게 돌아다니고. 직원들은 불안한 얼굴이었지만 나는 일하느라 신경도 쓰지 못했어. 오후가 되자 더욱 바빠졌지. 장을 보러온 손님들이 많아졌으니까. 그때 백화점이 무너져 내린 거야."

12층 높이의 건물이 한순간에 무너져 내릴 거라고는 누구도 상상하지 못했다. 하지만 그런 일이 실제로 일어났고 오빠는 건물 더미에 파묻혔다.

"나는 바로 죽지 않았어. 몇 시간인지, 며칠인지 알 수 없지만 기둥이 허리를 덮쳐 꼼작하지 못한 채로 버텼어. 내가 죽는다는 생각은 조금도 하지 않았어. 살고 싶었거든. 정말 살고 싶었고, 살아날 거라고, 구출될 거라고 죽는 그 순간까지 믿었어. 이루어지지 않았지만."

그때 가장 힘들었던 것은 육체적인 고통이나 죽음에 대한 공포가 아니라 혼자라는 사실이었다.

"그게 누구든 내 옆에 단 한 사람이라도 있었다면, 누군가의 목소리, 기척만으로도 나는 더 버텼을 거야. 그 암흑 속에서 나는 혼자였어. 누구 없냐고, 아무도 없냐고 계속 소리를 질렀어. 그러다 지쳐 몇 번이나 자다 깨다 반복했는데 어느 순간 내가 밖에 나와 있었어. 나는 내가 구출된 줄 알았지."

오빠는 그렇게 영이 되었다.

"나는 몇 년 정도는 정말 미쳐 있었어. 지금 네가 엄마나 아빠에게 말을 걸지 못해 갑갑해하는 건 아무것도 아닐 정도로. 아, 네 심정을 모른다는 게 아냐. 네가 정말 간절하다는 거 알아. 나는 분노가 식지를 않았어. 나는 내가 죽었다는 사실을, 그날 그 백화점에 알바하러 갔다가 죽었다는 사실을 받아들일 수 없었어. 나는 스물둘이었고 미래에 빛나는 계획들을 얼마나 많이 품고 있었는지 몰라. 그걸 다 포기하다니. 사라지다니······. 게다가 진상 규명도 엉망이었어. 처음에는 제대로 수사가 되는 듯했지만 대중의 관심이 사라지자 관련자들은 재판에서 죄다 감형을 받거나 무죄 판결이 났어. 백화점의 구조 변경을 허가해준 공무원들, 부실하게 공사한 시공업체 직원들, 엉터리 공사를 적당히 눈감아준 감리사들, 마음대로 구조를 뜯어고친 백화점 이사회와 회장, 그 집안 식구들……. 그들은 다 풀려났어. 그날에서 풀려나지 못한 건 우리 엄마였지. 그사이 엄마가 먼저 병을 얻었어. 나는 시골에서 논밭을 팔아 서울로 유학 온 장남이었는데 그 장남이 백화점 건물에 깔려 죽어버렸으니……. 엄마가 돌아가시고 우리 집도 같이 무너져버렸어."

"어머니가 돌아가셨다면, 그 후에 못 만났어요?"

"엄마는 만날 수 없었어. 말했잖아. 모두가 영이 되는 건 아닌 것 같다고."

나는 도대체 누가 영이 되는지 의아했다. 하지만 내가 지금 지옥에 있는 것이라면 이해되었다. 지옥은 분명 선별적일 테니까. 그럼 오빠는 왜 지옥에 와 있는 것일까.

"오빠는 왜 여기 와 있다고 생각해요? 왜 계속 여기 남아 있어요?"

"나도 그걸 많이 생각해봤어. 처음 내가 영이 되었을 때, 나는 정말 이를 갈면서 어떻게든 나를 이렇게 만든 놈들이 잡혀서 처벌받는 모습을 보겠다고 결심했어. 그 전에는 절대로 사라지지 않을 거라고. 내가 얼굴을 아는 영들이 하나씩 사라질 때는 나도 사라질까 봐 두려웠어. 하지만…… 시간이 한참 흐르자 나는 빨리 사라지고 싶었어. 우리 식구를 지켜보는 게 너무 힘들었으니까. 우리 식구가 빨리 나를 잊기를 바랐어. 긴 시간이 걸렸지만 지금은 그렇게 됐어. 아버지도 돌아가셨고 동생들은 다들 나를 잊고 살아가고 있어. 나도 가족을 잊었어. 그런데……."

"그런데요?"

"아직도 포기하지 못하는 사람이 있어. 아무리 시간이 흘러도 포기하지 못하는 거야. 그러니 나도 떠날 수가 없어."

"그게 누구예요?"

그 서점은 우리 가족이 이 동네로 이사 올 때부터 그 자리에 있었다.

참고서와 잡지 따위를 가져다 놓은 작고 오래된 동네 서점. 나도 예전에 엄마와 몇 번 참고서를 사러 간 적이 있었고, 서점 주인은 모녀가 함께 책 사러 오는 모습이 보기 좋다며 말을 걸기도 했다.

사실 나는 책에 그다지 관심이 없었다. 단지 방탄의 화보집이 필요했을 뿐이다. 은수와 나는 샤이니에 대한 영원한 사랑을 맹세했기 때문에 방탄에게 눈을 돌리는 게 마치 바람피우는 것처럼 찜찜하고 가책을 불러일으켰지만 마음이 가는 건 어쩔 수 없었다. 서점 주인은 내가 방탄 화보를 넘겨보도록 내버려두었다.

실내는 좁았고 오래된 책들이 천장 끝까지 쌓여 있을 뿐 평범한 서점이었다. 계산대 옆에 작은 테이블을 두고 잠시 앉아 책을 볼 수 있도록 꾸며놓았는데 그 책들이 신간이 아니라 아주 오래된 책들이라는 것이 특이하다면 특이했다. 엄마는 그 책을 보더니 탄성을 질렀다.

"아, 이거 여고 때 학교 도서관에서 봤는데."

엄마는 누렇게 변색된 종이에 작은 활자들이 박혀 있는 시집을 골라 들었다. 얼마나 오래된 책인지……. 표지에는 『홀로서기』라는 제목이 박혀 있었다.

"그렇죠? 그때 이 시집을 보며 컸던 여학생들이 지금은 여고생을 키우는 엄마가 되어 있어요."

"맞아요. 나도 여고 때 이거 읽고 노트에 막 베껴 적고 그랬거든요."

엄마와 서점 주인은 통하는 게 많은 모양이었다. 이문열, 한수산, 박범신, 이해인, 정호승……. 엄마와 서점 주인이 주고받는 작가들 중에 유일하게 내가 아는 이름은 정호승 하나였다. 수능 참고서에서 본 적이 있었다.

나는 엄마와 서점 주인의 이야기가 지루해서 옆에 놓인 다른 책을 들춰 보았다. 『입 속의 검은 잎』. 역시나 오래된 종이 냄새가 풀풀 나는 낡은 책이었다. 책의 속지를 펼치자 선물한 사람의 이름과 날짜가 적혀 있었다. 날짜는 1990년대 즈음이었던 것 같은데, 이름은…….

"정기훈. 내가 사서 선물한 책이야. 현주가 시집을 좋아해서 내가 자주 사줬거든."

"그랬구나. 나는 기억나지 않아요."

"나도 내 이름이 낯설어. 가끔 현주가 내 이름을 부르지 않는다면 내 이름도 가물가물할 거야. 누가 내 이름을 불러준 지 너무 오래되었으니까."

현주는 서점 주인의 이름이다. 그들은 대학 동창이었고, 그가 죽기 전까지 연인이었다.

당시에 그 이름은 내게 아무런 의미도 없는 글자였을 뿐이다. 그땐 오래된 책도, 그 책을 선물하고 받은 사람도 내게는 의미가 없었다. 어떤 물건이 오래된다는 것, 언젠가 그것이 사라진다는 것이 무엇을 의미하는지 전혀 몰랐다. 나는 의미 없는 책 속에서 지루해졌을 뿐이다.

내가 먼저 가겠다며 엄마를 조르자 엄마는 신간 두어 권을 집어 들고 계산을 마쳤다. 집으로 오는 길에 엄마는 좀 더 사주고 싶은데 서점이 너무 작아 책이 없다고 아쉬운 듯 말했다.

"어쩜 그때 나는 너를 봤을 거야. 나는 주로 그 서점 안에 머물거나 주변에 있었으니까. 늘 현주 주변에 있었어. 영은 늘 과

거 속에만 머무르니까. 그래서 영은 슬픈 거야."

나는 기훈 오빠와 서점 주인을 번갈아 쳐다봤다. 한때 극진히 사랑했던 두 사람은 이제 모자 사이보다 더 멀어 보였다. 여전히 청년인 오빠와 달리 서점 주인은 긴 머리카락 사이사이 흰머리가 완연하고 눈가는 주름으로 가득했다.

"지금도 그렇지만 그때도 현주는 머리카락이 길었어. 내성적이라 말도 없는 편이었는데, 그런 사람 특유의 고집이 있어. 한번 고집을 부리면 아무도 못 말리지. 고집만 세서 아직도 저렇게 있는 거야. 머리카락 하나 못 자르고."

그녀는 처음에는 오빠의 가족처럼 진상 규명을 요구하는 활동을 벌였다. 경찰서와 시민단체에 호소하고 쫓아다니고, 탄원서를 넣고 서명을 받고 각종 기관을 찾아다녔다. 시간이 지나면서 포기하는 유가족들이 생겨났고 친구들과 선후배들이 그녀에게도 포기하라고 충고했다.

"벌써 어떻게 포기해……."

그러는 사이 그녀의 친구들은 모두 결혼했고 아이를 낳았다. 그녀는 친구들의 결혼식과 아이들의 돌잔치에 늘 혼자 참석했다. 친구들은 그녀를 볼 때마다 이제 그만하라고, 잊으라고 충고했다.

"너는 할 만큼 했어."

"의무를 다하려고 이러는 거 아냐."

"너 이제 일이 년만 더 지나면 남자도 못 만나. 정말 혼자 늙어 죽을 거야?"

"그런 게 아니라니까."

"그럼 도대체 왜 그래? 뭐 하고 있는 거야?"

"나는, 그냥 그 사람이 아직 내 옆에 살아 있는 것 같아. 어떨 땐 정말 내 옆에 그 사람이 와서 말을 걸고, 내 말을 듣고 있는 것 같다니까."

"아직도 그러면 너 병이야, 병. 치료를 받아봐."

이윽고 친구들도 충고를 멈췄다. 충고를 계속하기에는 그네들의 삶도 너무 팍팍해졌는지 모른다.

그녀는 다니던 회사가 외환 위기로 부도나면서 겨우 챙긴 약간의 퇴직금으로 서점을 차렸다. 오빠와 함께 다니던 대학교 주변에 가게를 마련하고 싶었지만 그곳은 가겟세가 너무 비싸 엄두도 낼 수 없었다. 그래서 그나마 학교와 가깝고 비교적 저렴한 이곳에 자리를 잡았다.

한동안 서점은 그럭저럭 굴러가는 것 같았다. 오빠도 그녀가 생계 정도는 이어가려니 그렇게 믿었다. 하지만 2000년대가 시작되면서 서점 매출은 뚝 떨어졌다. 그녀는 처음에는 문학과 인문학 서적만 취급하려고 했지만 결국 참고서를 들여놓고 점점 팔리지 않는 책들을 치우고 EBS 교재를 가져다 놓아야 했다. 그마저도 시간이 갈수록 힘들어져서 결국 가게 절반을 옷가게와 나눠 써야 했다.

그녀가 사는 집도 마찬가지였다. 원래 17평 연립 아파트에 세 들어 살던 그녀는 주택의 두 칸짜리 방에서, 한 칸으로, 지금은 반지하로 옮겼다.

오빠는 늘 그녀 곁에서 소리쳤다.

"고집이 센 건지 미련한 건지, 다 그만두고 지금이라도 다른 사람을 만나. 재혼 자리든 뭐든 찾아보면 있을 거 아냐? 지금 네 꼴을 봐! 적응 못하고 도태되는 짐승 같아. 왜 이러고 사는 거야, 왜?"

그러면 그녀는 마치 그의 말을 알아듣기라도 하는 듯 혼잣말을 하곤 했다.

"기훈 씨. 내가 이렇게 못나게 산다고 뭐라 그러지 마. 나는 그럭저럭 괜찮아. 아직 밥을 굶는 것도 아니고 일이 힘든 것도 아냐."

그녀는 늘 오빠를 향해 혼잣말을 했다. 아침 일찍 문을 열고 밤 아홉 시에 문을 닫을 때까지, 텅 빈 서점에서 책을 보거나 차를 마시며, 집에 들어가 잠자리에 누운 채 잠 못 이루고 뒤척이다 그녀는 문득 오빠에게 말을 걸었다.

"기훈 씨, 거기 있지? 나는 알아. 거기 와서 나를 보고 있지? 이리 와서 내 옆에 누워. 내가 잠들 때까지 내 옆에 누워."

그는 그녀의 옆에 누웠다. 그녀는 고개를 돌려 마치 그가 보이는 듯 말했다.

"우리, 예전에도 이렇게 누워 있었지."

"생각하지 말고 어서 자. 눈을 감아."

그녀는 말 잘 듣는 아이처럼 눈을 감았다.

"잠깐만요."

나는 오빠의 말을 잘랐다.

"그분이 정말 오빠가 하는 말을 알아듣는 것 아니에요?"

"아냐."

"어떻게 그렇게 단정할 수 있어요?"

"그건 진짜 나를 보고 듣는 것과 달라. 내가 확인해봤어."

"어떻게요?"

"현주에게 계속 질문을 던져봤어. 나도 기대를 품고 있었지. 현주가 내 말을 들을지도 모른다는 기대. 내가 옆에 있다는 사실을 알아줄 거라는 기대. 내 말에 대답 좀 해보라고 했어. 현주는 대답하지 못했어."

"……."

"만약 현주가 정말로 내 말을 들을 수 있다면…… 제발 날 좀 잊어버리라고 말해주고 싶었어. 하지만 현주는 내 말을 못

들어. 자기가 나를 잊으면 내가 슬퍼할 줄 알아. 산 사람들의 착각이지. 죽은 우리도 다르지 않아. 늘 착각해. 산 사람과 소통할 수 있을 거라고. 가끔 어떤 영이 산 사람들과 접촉했다는 얘기가 풍문처럼 떠돌아. 마치 살아 있을 때 우리가 신비한 이야기에 끌리는 것처럼 영들도 마찬가지야."

"풍문이 사실일 수도 있잖아요. 신비한 일이 일어날 수도 있고, 정말 그런 일이 존재하기도 하잖아요. 우리가 바로 그 증거잖아요. 우리가 영이 되었다는 게. 그러니까 서점 주인은, 그러니까 현주라는 그분이 오빠 말을 항상 들을 수는 없어도 어쩌다 한 번은, 단 한 번은 들을 수도 있잖아요."

오빠가 조용히 미소를 지었다.

"아냐. 현주는 내 말을 못 들어. 현주는 단지 나를 향해 혼잣말하는 게 습관이 되었을 뿐이야. 습관이 굳어지면 의지가 되고, 의지가 굳어지면 그걸 사랑이라고 쉽게 착각하게 돼."

나는 오빠의 말이 쉽게 이해되지 않았다. 나는 사랑을 해보지 못했다. 그것이 어떤 감정인지 모른다. 나는 샤이니와 방탄을 좋아했고, 민재한테도 끌렸고, 중학교 때는 학원의 영어 선생님을 좋아한 적 있지만 사랑은 그런 감정과는 다른 뭔가가 더 있을 거라고 생각했다.

내게 사랑은 둘 이외에는 그 무엇도 필요하지 않으며, 헤어지면 절대로 잊지 못하고, 아주 오래 아픔을 간직하는 그런 것일 거라고만 생각했다. 영화나 드라마 혹은 은수와 함께 즐겨 읽던 팬픽이나 웹소설에서 나온 이미지일지도 모르지만 어쨌든 그랬다. 그러니까 서점 주인의 기다림, 그토록 오래 간직한 마음이 사랑이 아니라면 무엇이 사랑일까.

나는 오빠가 부러웠다. 그는 나보다 고작 다섯 살 많았지만 나보다 훨씬 많은 것을 경험했고, 삼십 년이 지나도록 기억해주는 연인이 있었다. 나도 오 년만 더 살았다면······.

나는 살아 있을 때도 늘 다른 누군가를 부러워했다. 거울 공주 혜라조차 몸매가 늘씬하고 피부가 뽀얗다는 이유로 부러워했다. 죽음 후에도 누군가를 부러워해야 하다니. 부러움이, 질투가 내 생명보다 더 질기다니.

어느새 오빠와 나는 서점 앞에 와 있었다. 진열장 안으로 서점 주인의 모습이 보였다. 가게 안에는 술에 취해 보이는 한 남자 손님이 어린이 책을 들여다보고 있었다. 서점 주인은 웃옷까지 챙겨 입은 모습으로 봐서 막 가게 문을 닫으려다 마지막 손님을 맞은 것 같았다. 하지만 술에 취한 마지막 손님은 나갈 기색이 없었다.

"찾는 책이 있으세요?"

서점 주인이 말을 건넸다.

"우리 딸애가 여섯 살인데······."

"이건 어떠세요? 요즘 제일 인기 있는 책이에요."

남자는 끄덕이며 책을 받아들었다.

"이 책 다음에는 뭘 읽죠?"

"이건 시리즈로 나오는 책이니까 다음 권을 읽으면 되겠죠?"

"그게 아니라……. 이 책을 읽을 나이가 지나면 그다음에 뭘 읽어요?"

"초등학교 입학하면 저학년 동화책을 읽고, 그다음에는 고학년 동화책. 중학교에 가면 청소년용 도서……."

"제 말이 그 말이에요. 애들은 나이를 먹으면서 계속 책을 봐야 하잖아요. 어른이 옆에서 책을 골라줘야 하고, 공부도 시켜야 하고, 애들한테는 보호자가 필요하잖아요."

"그렇죠."

"보호자가 없는 애들은 어떻게 크죠? 혼자 아무 일 없이 자랄 수 있어요? 그게 가능하냐고요?"

손님은 술에 취해 주정하는 것 같았다. 서점 주인은 난감한 표정 대신 아빠가 있지 않느냐고, 그런데 왜 걱정하시냐고 차분하게 물었다. 그러자 손님은 눈물도 없이 우는 목소리로 말했다.

"나한테 무슨 일이 생기면 누가 우리 애를 키우느냐고요……."

손님은 아내가 재작년에 암으로 죽었다고 털어놓았다. 말하는 품새가 상대방이 들어줄 상대인지 아닌지 따지지 않고 누구라도 들어주기만 하면 다 쏟아내고 싶어 하는 것 같았다.

그는 운이 좋았다. 서점 주인은 잘 듣는 사람이었다. 손님은 기회를 놓치지 않겠다는 듯 자기 사연을 쏟아냈다.

그는 아내를 살리기 위해 필사적으로 노력했다. 그 덕에 아내가 죽자 돈 한 푼 남지 않아 월세로 옮겨야 했다. 좁은 집에 아이의 할머니를 모셔다 아이를 맡겨두고 직장에 다니는데, 자기에게 무슨 일이 일어나면……

"미리 걱정하지 마세요. 미래는 알 수 없는 건데 미리 걱정한다고 좋을 게 뭐가 있어요."

"맞아요. 저는 걱정 안 할 거예요. 대신에 우리 애 옆에 붙어 있기 위해 뭐든지 다할 거예요."

"그럼요. 그렇게 하시면 돼요. 아이 옆에 붙어 있으세요."

손님은 그 말에 위로를 받았는지 몇 권의 그림책을 더 집어 들고 지갑을 열었다.

"이거 다 얼마죠?"

서점 주인은 손님에게서 책을 건네받고 바코드를 찍었다.

"오만사천 원이에요."

손님의 지갑에는 돈이 충분하지 못했다. 카드를 건넸지만 한도 초과였다. 손님은 당황한 듯 지갑 안을 다시 살펴보았지만 없는 돈이 털어본다고 나올 리 없었다.

"괜찮아요. 나머지는 다음에 가져다주세요."

서점 주인이 비닐 봉투에 책을 담아 주자 술에 취한 손님은 꼭 가져다주겠다며 서점을 나섰다. 손님이 나가자 서점 주인은 불을 끄고 가게 문을 잠갔다. 거리에 자동차들이 뜸해진 시간. 상점들이 모두 문을 닫고 편의점만 밤고양이처럼 불 밝히고 있는 시간. 혼자인 사람들이 연락해볼 누군가를 찾아 핸드폰을 뒤지는 시간. 서점 주인은 그 거리를 서두르지 않고 천천히 걸어갔다.

"저런 바보 멍청이. 저 나이가 돼서도 아직도 저래. 자선 사업하는 것도 아니고."

오빠는 진짜 화가 난 것처럼 보였다. 영에게는 감각도, 감정도 차차 사라진다고 말했었는데 오빠에게는 아직도 뭔가가 남아 있었다. 나는 그 얼굴을 물끄러미 바라봤다.

"어떤 거예요?"

"뭐가?"

"누군가를 사랑하는 거. 책에 적힌 것처럼 아프고 달콤하고 그런 거예요?"

"글쎄……. 사람을 사랑하는 것이 어떤 건지 알기에는 나는 너무 일찍 죽었어. 나는 현주가 편안했고, 같이 밤을 보낼 수 있는 유일한 사람이었어. 그때 내겐 그게 전부였어. 거리에 수많은 사람이 있는데 나를 만나러 오는 딱 한 사람, 내가 기다리고 있는 딱 한 사람이 있는 거야. 내가 속한, 나에게 속한 한 사람이라는 느낌."

"만나서 뭘 했어요?"

"특별한 건 없어. 밥 먹고, 돌아다니고, 이야기하고……. 어떨 땐 싸우고, 다시 화해하고, 그런 게 다야. 너도 이미 다 아는 것들."

"내가 뭘 알아요? 나는 아무것도 몰라요. 하나도 해본 게 없는데요."

나도 모르게 눈물이 고였다. 문득 거리에서 아주 어린 영을 만난 적이 없다는 사실이 떠올랐다. 아주 어린 아이들, 자신이 무엇을 가지지 못했는지 모르고, 아쉬움을 가질 나이조차 되지 못한 존재들은 영으로 남지 않나 보다. 아니면 지옥으로 갈 만큼 충분히 잘못할 시간이 없었거나.

나는 가장 어정쩡한 나이에 영이 되었다. 나는 사랑을 해보지도 못했고, 내가 뭘 잘하는지 알아낼 시간도 없었다. 공부도 못했고 별다른 재능도 없었지만 나에게도 뭔가가 깃들여 있었을 텐데. 시간이 내게 뭘 가져다줄지 모르지만 분명 뭔가를 준비해뒀을 텐데. 내겐 해보지 못한 것들에 대한 부러움과 생각 없이 저지른 잘못에 대한 후회뿐이다. 그리고 산 사람과는 달리 내겐 내가 사라지는 순간까지 오직 이 두 가지 감정만 존재할 것이다. 새로운 그 무엇도 없이.

오빠가 말했다.

"나랑 같이 가자."

오빠는 대학가 부근으로 나를 데리고 갔다. 지영과 민재가 만났던 커피숍 근처, 골목들이 미로처럼 얽혀 있는 상가였다.

"예전에 이곳은 조그만 술집들과 하숙집들이 모여 있던 조용하고 한산한 골목이었어."

골목들은 비슷비슷하게 생긴 네모반듯한 건물과 건물 사이를 실핏줄처럼 흘러가고 있었다. 골목마다 조그만 카페들과 식당, 액세서리와 구두 가게들, 이동통신사들이 자리를 잡아 한산하고 조용한 것과는 거리가 멀었다. 가게 앞을 지나치는 학생들 무리. 술에 취해 부르는 노래가 들려왔다.

"신기해. 수십 년 동안 이 골목을 돌아다녔어. 없던 가게들이 생기고, 사라지고, 간판이 바뀌고 다 바뀌었어. 그런데 그대로야. 그대로인데 내가 알던 것은 하나도 없어."

어떤 남자 대학생이 여자친구의 어깨를 감싸고 우리 옆을 지나갔다. 머리 위에 후광이 드리워져 있는 것처럼 그들의 얼굴은 환하게 빛났다.

"나는 사범대생이어서 대학을 졸업하면 교사가 되려고 했어. 나는 시골에 가서 아이들을 가르칠 계획이었고 현주도 그걸 좋아했어. 현주는 어릴 때 결핵을 앓아서 두 번이나 재발해 시골에 가면 좋을 거라고 생각했지. 우리는 이 골목에서 밥을 먹고 저 끝에 있던 토속주점에서 술을 마셨어. 그때 학생들은 술에 취하기만 하면 목청 높여 투쟁가를 불렀는데, 이 골목을 걸어가면 이 술집 저 술집에서 새어 나오는 노랫소리가 마치 돌림노래처럼 들려왔지. 내가 살았던 하숙집이 이 근처에 있어."

하숙집은 오래전에 원룸으로 변했다. 원룸 앞에는 골목과 골목이 만나는 조그만 쌈지 공원이 있었다. 그 공원에는 커다란 느티나무 한 그루와 나무 벤치 두어 개가 놓여 있었다.

"현주와 나는 여기서 자주 만났어. 지금도 또렷이 기억이 나."

"영한테는 기억이 희미해지지 않고 언제나 그대로예요?"

"아니. 하지만 영들은 매일 같은 기억을 반복해보는 버릇이 생기거든. 그러니까 이건 내가 기억하는 기억이지. 거기 앉아봐."

나는 시키는 대로 했다. 오빠는 원룸 입구로 가서 섰다. 오빠는 가만히 내 쪽을 쳐다보더니 손을 흔들어 보였다. 나도 같이 손을 흔들었다. 오빠는 여전히 그 자리에 가만히 서 있었다. 왜 가만히 있는 것일까. 나는 의아하게 생각하다 문득 깨달았다.

오빠는 여기서, 바로 이런 모습으로 서점 주인과 만나곤 했던 것이다.

삼십 년 전 서점 주인 현주는 어떻게 했을까. 여기서 기다리다 하숙집에서 나와 손을 흔드는 오빠의 모습을 봤다면. 아니 내가 여기서 사랑하는 사람을 기다리고 있었다면. 그립고 기다리던 사람이 저기 서 있다면.

나는 빨리 오라고 손짓을 해보였다. 오빠는 서두르지 않고 천천히 다가왔다.

"왜 이렇게 늦게 와?"

내가 말했다.

"네 모습을 보고 있었지."

오래전 과거에 대고 말하듯 오빠의 목소리는 조금 떨렸다. 나도 마음이 떨렸다. 그 떨림은 미술실에서 민재를 만났을 때와 비슷하면서도 달랐다. 꿈속에서 느끼는 감정이 현실보다 더 절절할 때가 있는 것처럼, 내 것이 될 수 없는 그리움이 더 절절하게 그리웠다.

나는 오빠에게 다가가 팔을 잡았다.

"더 빨리 오지."

오빠는 민재가 지영에게 했듯이 고개를 숙여 내 정수리에 입술을 살짝 댔다.

"기다리게 해서 미안해."

나는 괜찮다고 고개를 끄덕였다. 그러자 갑자기 모든 게 괜찮아지는 것 같았다. 조금 전까지 나를 괴롭히던 갖가지 감정들, 후회와 고통, 슬픔과 아쉬움이 스르르 가라앉고, 오빠와 내가 영이라는 것도, 그래서 이것이 오빠에게는 돌아갈 수 없는 지난날에 대한 회상이며 내겐 살아보지 못한 시간에 대한 흉내일 뿐일지라도 괜찮다는 생각이 들었다.

밤은 아직 어둡고 우리가 다시는 섞일 수 없는 거리의 익숙한 풍경이 이국적이고 신비하게 보였다. 모든 것이 편안하고 영이라는 상태로 존재하는 것도 나쁘지 않다는 생각이 처음으로 들었다.

나는 오빠의 얼굴을 쳐다봤다. 전혀 생각하지 못했던 가능성 하나가 뾰족하게 튀어나왔다. 오빠가 어느 순간 사라질지도 모른다. 그가 모든 것을 내려놓게 되면 그는 사라지는 것이다. 그것은 내가 살아 있을 때 누군가가 죽을 수 있다고 생각하는 것과는 달랐다. 내가 살아 있을 때 죽음은 아주 막연하고 나와는 상관없는 그 무엇이었지만 지금 영이 된 내게 사라짐은 너무나 구체적이었다. 그것은 어떤 징후나 예고 없이 찾아올 것이고 나는 정말로 혼자가 되는 것이다.

"오빠, 부탁이 있어요."

오빠가 뭐냐는 듯 나를 쳐다봤다.

"혹시 사라지게 되면…… 나한테 얘기를 해주세요."

오빠가 고개를 끄덕였다. 마치 언제 그럴 때가 오겠냐고 말하는 듯이. 하지만 나는 오빠가 영으로 존재하는 상태에 지쳐 있고, 사라지기를 원한다는 것을 느꼈다.

나 역시 마찬가지였다. 나도 모든 걸 잊어버리고 사라지고 싶었다. 그러나 동시에 나는 사라지지 않고 이대로 계속, 이 밤과 이 거리 속에 남고 싶었다. 존재하지는 않아도 머물고 싶었다. 그래서 나는 더더욱 불안해졌고 나도 모르게 몸을 떨었다.

오빠가 내 마음을 아는 듯 내 손을 잡으며 말했다.

"꼭 얘기할게. 걱정 마."

그 밤 이후로 나는 영으로서 사는 것을 조금씩 받아들이기 시작했다.

몇몇 영과는 인사를 나누기도 했다. 영들은 다른 영들과 접촉하는 것을 꺼린다. 왜냐하면 영들의 관심은 오로지 산 사람이기 때문이다. 그들은 자신이 떠나온 곳을 잊지 못하고 그 주변을 배회한다. 그래서 다른 영과 이야기를 나누거나 가까워져도 일시적일 뿐 산 사람처럼 지속적이고 계속 이어지는 관계를 가지지 못한다. 우리는 모두 혼자 떠돌아다니는 혼인 것이다.

하지만 때로 혼자에 지친 영들이 모여 이야기를 나눌 때가 있다. 그때 그들은 스스로를 가리켜 "산 사람 같다."고 농담을 던졌다. 나는 그들이 모두 나처럼 두 가지 감정을 가지고 있다는 것을 알았다. 늙지도 병들지도 않고 영원히 영으로 머물며 고독하고 지루한 시간을 감내하는 것에 대한 두려움과 영으로 존재하는 것을 사는 것으로 착각하고 사라지는 것에 대한 두려움을 동시에 가지고 있었다.

그래서 영들은 조선시대부터 수백 년 동안 존재했다고 하는 전설적인 영이나 자신에 대한 역사적 평가가 바뀌기를 기대하며 수십 년 동안 버티고 있는 어느 장군의 영에 대해 경탄과 경멸을 동시에 가지고 있었다.

"그런 놈은 지옥에 떨어져야 하는데. 살아서 나쁜 짓을 좀 많이 했어?"

"아직도 자기를 좋아하는 사람이 많다고 믿는다던데?"

"그럼 계속 남아 있으라 그래. 시간이 지날수록 살인자 소리나 들을 텐데 그게 지옥이 아니고 뭐야?"

"그럼 여기가 지옥이 맞나요?"

내가 조심스레 물어보았다. 나는 다른 영들과 함께 건물 옥상 난간에 비둘기처럼 주르르 앉아 떠오르는 아침 해를 바라보고 있었다. 내 옆에는 삼십대 정도로 보이는 젊은 주부가 앉아 있었다.

"나는 아이 셋을 두고 왔어. 그 애들이 걱정돼서 여기 머물고 있는데……. 그 애들이 모두 힘들어. 그만 보고 싶은데도 자꾸 보게 되고……. 그러니 여기가 지옥이 맞아. 내가 뭘 그리 잘못했는지."

그러자 그 옆에 앉은 할머니가 말했다.

"나는 우리 아들들을 다시 한 번 만나려고 기다리고 있는데, 우리 아들들 다 죽었거든. 그런데 못 만났어."

"할머니는 또 그러시네. 여기 안 왔겠죠. 아님 할머니를 피해 다니든가."

그 옆의 남자가 대꾸했다.

"내 아들들이 왜 날 피해? 왜?"

"나도 우리 부모님 다시 만나고 싶지 않아요. 부모라고 다 그립고 좋은 줄 알아요? 자식한테 상처만 되는 부모도 있다고요."

남자가 진저리를 치며 말했다. 할머니는 울 듯한 표정이 되었다.

"나는 우리 아들들한테 그러지 않았어. 우리 아들들이 얼마나 착했는데……. 우리 큰아들이 대학 갈 때 우리 둘째는 고등학생, 막내는 중학생이었거든. 그래서 내가 죄다 새 교복을 입혀서 입학식에 데리고 갔어. 아들 셋을 앞장세우고 대문을 나서니까 동네 사람들이 다들 쳐다보면서, 저 집 아들들 좀 보라고, 셋 다 저렇게 잘생겼다고……."

"아 할머니, 자랑 좀 그만해요! 할머니는 자랑하고 싶은 욕심을 못 버려서 지금 여기 와계신 거예요."

그러자 누군가 말했다.

"자랑 좀 하게 내버려둬. 우리한테 있는 건 시간뿐이야. 못 들어줄 이유가 뭐가 있어."

그러자 할머니는 신이 난 얼굴로 아들들의 뒷이야기를 늘어놓았다. 큰아들은 공무원이 되었고 작은아들은 대기업에 들어갔으며 막내는 의사가 되었다. 그래서 그 아들들이 할머니의 환갑잔치를 벌였을 때 인생에서 가장 즐거운 날이었다.

"다들 나를 부러워했어. 저 할머니는 밥 안 먹어도 살겠다고 말이야. 농사는 자식 농사가 최고야."

그러자 누군가는 신혼여행 가서 생전 처음 돈을 펑펑 써볼 때가 가장 좋았다고 했고, 그때까지 옥상을 서성이며 듣기만 하던 아저씨가 자신의 가장 좋았던 시절을 말했다.

"내가 공부를 잘했거든. 우리 부모님은 나를 떠받들었고 학교에서도 늘 어깨에 힘을 주었지. 고입 연합고사에서 내가 지역 수석을 했어. 그래서 신문사에서 인터뷰도 하고 그랬지. 내 얼굴이 나온 신문을 들여다보는데 얼마나 신기하고 가슴이 뛰던지. 우리 어머니는 그 신문을 액자에 넣어 보관하셨어. 생각해보면 인생의 전성기가 학창 시절인 사람이 제일 비참한 건데……. 그래도 나는 그때가 그리워."

　나는 아저씨의 목소리를 들으며 은수를 떠올렸다. 펜션에서 밤새 떠들며 키득거리던 은수의 동그란 얼굴을. 은수가 나를 미워한다는 것을 알고 있지만 그럴수록 나는 은수가 더욱 그리웠다. 인터넷에서 산 화장품을 서로 발라주며 외모에 대해 고민거리를 늘어놓던 그때가 왜 가장 그리울까. 그렇게 사소한 일이 왜 이렇게 기억에 남고 또렷할까. 내게 특별히 중요하고 의미 있는 기억이 없기 때문일까. 그렇게 사소한 일이 내 인생에서 가장 행복한 순간으로 남으리라는 것을 미리 알았다면 나는 그 순간에 좀 더 기뻐했을까. 아니면 고작 그런 순간이 내 인생 최고의 순간이라는 것에 대해 절망했을까.

　사소한 기억을 간직하고 있는 사람이 또 있었다. 아이 셋을 두고 왔다는 젊은 주부가 입을 열었다.

　"나는 예전에 친구랑 영화를 보러 갔었는데요. 「유브 갓 메일」이라는 영화였어요. 맥 라이언이라는 아주 예쁜 여배우가 나오는 영화였죠. 영화가 너무 좋았어요. 보고 나니 막 기분이 행복해지고 즐거워지는 그런 영화였거든요. 그 영화를 보고 나와 친구랑 베이커리에서 케이크를 먹으며 뉴욕에 놀라간다는 계획을 세웠어요. 그때가 해질 무렵이었는데, 창밖으로 노을이 지고, 케이크는 달콤하고, 나는 거리를 지나가는 아무 남자랑 당장 연애라도 할 수 있을 것 같은 기분이었어요. 그때는 막 남편을 만난 직후였는데, 갑자기 그 사람이 너무 보고 싶은 거예요. 그래서 전화를 했더니 당장 나오겠다, 하더라고요. 그때, 그때가 너무 좋았어요. 내가 맥 라이언이 된 것 같았죠. 너무너무 행복했어요."

"아, 사람들이 진짜 행복을 모르네."

할머니에게 자랑 그만하라고 면박을 줬던 아저씨가 다시 입을 열었다. 자랑거리라면 자신도 뒤지지 않는다는 투였다.

"나는 IMF 전에 새시 공장을 했어요. 팔구십 년대에 빌라 많이 짓고 그럴 때 내가 얼마나 잘나갔는지. 자고 나면 돈이 들어오고, 자고 나면 돈이 들어오고, 돈 계산 끝내기 전에 아침 해가 떴다니까. 사람들이 돈을 안 벌어봐서 그런데 내 통장에 돈이 착착 꽂힐 때, 그땐 너무 좋아서 눈이 돌아가. 정말이에요."

"그 돈이 다 사라질 때는 그보다 더 큰 고통이 없지."

"그건 그렇죠. IMF 터지고 줄줄이 부도가 나면서 내가 줘야 할 어음은 돌아오고, 내가 받을 돈은 사라지는데 정말 피가 다 마르는 줄 알았어요. 빚 독촉처럼 사람 잡는 게 있는 줄 알아요? 내가 내 친구 돈을 못 갚고 와서, 내가 언젠가는 그놈한테 미안하다는 말을 하고 싶은데……."

"그게 되나. 그게 되면 다들 남은 사람들에게 하고 싶은 말을 다 하고 여기서 사라지겠지."

"왜요? 폐차장 애들은 산 사람한테 연락하는 방법을 안다면서요?"

이건 무슨 소리일까. 나는 놀라 아저씨를 쳐다봤다. 그러자 할머니가 말했다.

"그거 다 거짓말이래. 지들이 무슨 수로 알 거야?"

모두 고개를 끄덕였다. 그러나 내 귀에는 "폐차장 애들"이라는 단어가 또렷이 남았다. 나는 그게 누구를 말하느냐고 물어보았다. 아저씨가 말해주었다.

"상종 못할 못된 놈들이야. 죽고 나서도 살았을 때 하던 짓을 못 해서 안달 난 놈들. 무슨 까닭인지 지들끼리 예전 폐차장 주변에 몰려 있기 때문에 폐차장 애들이라고 부르는 거야."

"폐차장이 한 군데예요? 여러 군데?"

"그걸 내가 어떻게 알아? 다른 사람들이 그렇게 말하더라고."

그러자 할머니가 말했다.

"얘, 그 애들 근처에 가려고 꿈도 꾸지 마. 얼마나 못된 새끼들인지 너처럼 뭘 잘 모르는 순진한 영이 걸리면 죽도록 괴롭힌다고 그러더라."

나는 그 말이 쉽게 이해되지 않았다. 영은 말 그대로 영이기 때문에 다치게 하거나 죽게 만들 수 없다. 그런데 죽도록 괴롭힌다니? 도대체 영을 괴롭혀서 무엇을 얻는다는 것일까. 나는 이 세계에 온 지 얼마 되지 않았고 내가 아는 정보는 기훈 오빠에게 얻어들은 게 전부다.

오빠가 모르는 것도 있을 수 있고, 말해주지 않은 것도 있을 것이다. 상식적으로 생각해봐도 사람들 중에도 착한 사람, 나쁜 사람이 있는데 살아생전 나쁜 짓 하던 사람이 죽으면 다 착해진다는 것도 믿을 수 없는 이야기이다. 분명 악행의 즐거움에 빠져 있는 영이 존재할 것이다.

중요한 것은 그들 중에 산 자와 교신하는 법을 아는 존재가 있다는 것이고, 그들을 어떻게 찾아가느냐이다. 도대체 어디로 가야 그들을 만날 수 있을까. 나는 오빠를 찾기 위해 그 자리를 떴다. 이미 옥상 위에 모여 있던 영들은 뿔뿔이 흩어지고 있었다. 영들은 절대로 몰려다니지 않는다. 영들의 관심은 산 자들이지 영이 아니라고 했다. 그런데 폐차장 애들이라는 영들은 무엇이 다를까. 나는 오빠를 만나 더 자세히 물어보고 싶어 서점으로 갔다.

이른 아침인데도 서점 주인은 등굣길에 참고서를 사러 오는 학생 손님들을 위해 이미 문을 열어둔 참이었다. 오빠는 서점 앞에 있었다. 내가 다가가자 오빠는 손을 들어 보였다. 갑자기 나는 가슴이 뭉클해졌다. 나를 알아봐주는 사람, 나를 향해 알은체해줄 단 한 사람이 거기에 있었다. 나는 달려갔던 용건도 잊어버리고 아무 말 없이 오빠 옆에 앉았다.

오빠와 나는 아침을 맞아 분주하게 움직이는 사람들의 모습을 잠시 지켜보았다. 며칠 전 술에 취해 책을 외상으로 가져갔던 남자가 잔뜩 주눅 들고 쑥스러운 얼굴로 다가왔다. 그는 서점 앞에서 잠시 머뭇거리더니 문을 열고 들어갔다. 서점 주인은 그를 알아보는 것 같았다. 유리창 너머로 남자가 돈을 꺼내 건네는 모습이 보였다. 나는 무슨 말을 하나 궁금해서 냉큼 서점 안으로 들어갔다.

"천천히 주셔도 되는데……."

"아니에요. 지난번에는 실례가 많았습니다."

"커피 한잔하실래요? 아, 출근하셔야 하죠?"

"괜찮아요. 폐가 안 된다면 주세요."

"봉지 커피인데 괜찮으세요?"

"전 그것만 먹어요."

서점 주인은 웃으며 커피포트에 전원을 넣고 물을 끓였다.

"우리 애가 지난번에 골라주신 책을 아주 좋아했어요. 집에 가면 매일 그걸 들고 와서 읽어달라고 해요."

"그래요? 몇 살이라고 했죠?"

"여섯 살."

"반품도 못 하고 남아 있는 그림책이 몇 권 있는데 제가 드릴게요, 가져가세요."

"아니에요. 사갈게요."

"괜찮아요. 가져가세요."

"저 그럼······. 이거라도······."

남자는 주저주저하며 지갑에서 티켓을 꺼냈다.

"회사 사람이 저한테 준 건데······."

서점 주인은 티켓을 받아 들여다보았다. 미술 전시회 티켓이었다. 남자는 서점 주인의 눈치를 살피듯 힐끔 얼굴을 쳐다봤다.

"저랑 같이 가자는 게 아니라 그냥 가서 보시라고······."

나는 그 남자가 서점 주인에게 호감이 있다는 걸 눈치챘다. 서점 주인은 남자보다 나이가 훨씬 많았다. 하지만 우리 엄마도 새아빠보다 나이가 많았고 아이까지 데리고 있었지만 결혼에 이르렀다. 여자와 남자 사이의 일은 알 수 없는 거라는 말을 나는 외할머니와 이모로부터 수없이 들었다.

"네, 그럴게요. 감사합니다."

서점 주인은 그렇게 말하며 티켓을 가방 안에 넣었다. 서점 주인도 그에게 호감을 갖는 것일까. 그건 알 수 없었다. 나는 오빠를 쳐다봤다.

오빠는 아무것도 모르는 사람처럼 유리창 너머로 서점 안을 들여다보고 있었다. 만약 저 남자와 서점 주인이 사귄다면 어떤 일이 일어날까, 하는 생각이 스쳤다. 오빠가 이곳에 남아 있는 이유는 서점 주인 때문이다. 만약 서점 주인이 새 삶을 찾는다면 오빠는 사라지게 될까. 갑자기 내 몸이 부르르 떨렸다.

괜찮아진다는 것의
의미

"폐차장 애들이 누구예요? 어디에 있어요?"

오빠가 누가 그런 소리를 하더냐고 묻는 듯 내 얼굴을 쳐다봤다.

"전에 길에서 날 공격했던 영. 그게 폐차장 애들이라고 했잖아요."

오빠와 나는 농구 골대 위에 앉아 있었다. 산 사람들이 하지 못하는 것들을 해보는 것. 그것이 초보 영들의 습관이라고 오빠는 말해주었다. 어떤 영들은 전철의 짐칸에서 누워 자고, 일부러 기찻길에 드러눕고, 전깃줄 위를 걸어보기도 한다.

나도 높은 곳에서 아래를 내려다보는 것에 재미를 붙이고 있었다. 높은 곳에 올라가 있으면 꼭 날 수 있을 것 같은 기분이 든다. 물론 영들이 날 수는 없다. 당연하지 않은가? 영이라고 해서 없던 날개가 쑥 자라는 게 아니다. 하지만 높은 곳에서 다치지 않고 떨어질 수는 있다. 마음만 먹으면 멋있게 떨어져 내리면서 날고 있다고 외칠 수 있다.

하지만 나는 얌전하게 골대 위에 앉아 있었다. 햇빛이 점점 뜨거워지는 초여름. 텅 빈 농구 코트에는 이른 매미 소리만 요란했다.

"알고는 있어. 하지만 자세히는 몰라. 영으로 사는 건 아주 지루하니까 다른 영들을 괴롭히면서 즐거움을 느끼는 거지. 다른 영들의 고통을 통해 마치 자기가 아직도 살아 있는 것처럼 느낀다고 해. 문제는 살아 있을 때처럼 만만한 희생자를 고르기가 쉽지 않다는 거야. 영들은 육신이 없으니까. 그래서 자기들끼리 모여서 끝없이 서로 괴롭히는 모양이야. 아주, 아주 지독한 것들이래."

"산 사람들과 연락하는 방법을 안대요."

"나도 그 소문을 들었는데 아무도 진위를 확인하지 못했어."

"어디에 있는지는 알아요?"

"찾아가려고?"

"오빠는 궁금하지 않아요?"

오빠는 낮게 한숨을 내쉬었다. 오빠 눈에 내가 어리석어 보인다는 것을 알았다. 하지만 내 절박한 마음을 이해해줄 존재도 오빠뿐이었다.

"나연아, 그런 건 없다고 말했잖아. 그건 옳지도 현명하지 않아. 남아 있는 사람들을 지켜보며 안타까워하는 것은 우리 몫이고 산 사람들은 그들의 몫을 그들 힘으로 치러야 해."

"우리 식구가 길거리로 쫓겨나게 생겼는데도요?"

오빠가 내 손을 쥐고 힘을 주었다. 나는 여전히 체온을 느낄 수 있다. 그것이 나의 환영, 단지 살아 있을 때 느꼈던 기억의 습관이라 할지라도 나는 그 체온이 고마웠다.

"방법을 찾으실 거야. 기다려봐. 기다려줘야 해."

그럴까. 기다리면 될까. 확신은 없었지만 나는 고개를 끄덕였다.

나는 늘 다른 사람 말에 쉽게 영향을 받았다. 특히 내가 좋아하는 사람 말에는 마음이 쉬 끌렸다. 선생님들은 늘 주체적으로 판단해야 한다고 떠들었다. 하지만 내가 스스로 생각하고 결정할 때 나는 야단을 맞거나 낭패를 봐서 후회만 남았다. 후회 앞에서 내가 주체적으로 판단했으니 그나마 좋은 거라고 위로하느니 남의 말을 듣고 후회하지 않는 게 더 나은 게 아닌가, 나는 자주 그런 생각을 했다. 남의 말을 들으면 최소한 혼자 후회하지는 않을 테니.

지금도 마찬가지다. 나는 오빠의 말이 납득되었다. 그 말에 따르고 싶었다. 그렇지 않으면 혼자가 될 것 같았다. 그러나 폐차장 애들 이야기는 내 마음에서 사라지지 않았다. 어떤 것은 한 번 알고 나면 결코 그 전으로 돌아갈 수 없다. 집에 갔을 때, 나는 그 사실을 더욱 또렷이 느꼈다.

엄마는 조금씩 기력을 회복해가고 있었다. 여전히 안방에 틀어박혀 지냈지만 아침에는 동생을 챙기기 위해 밖으로 나왔고, 새아빠가 동생을 유치원 버스에 태우려고 나가면 커피를 마시기도 했다.

엄마는 천천히 커피를 마셨다. 커피뿐만 아니라 모든 행동, 동작이 느려졌다. 평소에 엄마는 성미가 급한데다 늘 바빠 집 안에서도 차분하지 못하고 종종걸음 치듯 분주했다. 이제 엄마는 마치 태엽이 고장 난 자동인형처럼 모든 게 느렸다.

새아빠가 집안일을 대신하고 있는데도 집 안 곳곳에 황폐한 분위기, 뭔가 비정상적인 느낌이 들어차 있었다. 빈 그릇들은 싱크대 그릇장으로 들어가지 못한 채 대충 포개져 있고, 휴지통은 이미 가득 차서 뚜껑이 닫히지 않았다. 음식 쓰레기가 썩는지 악취도 풍겼다. 그 냄새는 탈취제 향과 뒤섞여 더 고약했다.

드라마를 보면 나쁜 일들은 특정한 소리와 함께 시작된다.

접시가 쨍그랑 깨진다든가 전화벨이 울린다든가. 혹은 우리 집처럼 초인종이 울린다든가.

초인종은 두 번 울렸다. 첫 번째 소리에 아무도 나오지 않자 다시 한 번 더, 더 길게 울렸다.

엄마는 커피잔을 내려놓고 천천히 현관으로 걸어갔다. 우편배달부가 서 있었다.

"오윤수 씨. 법원에서 등기가 왔습니다."

법원과 등기. 수상하고 불안한 두 단어가 겹쳤다. 엄마는 집 사람이라고 밝히고는 잠자코 사인을 해주었다. 우편배달부는 봉투만 건네고 돌아갔고, 엄마는 현관에 서서 등기를 곧장 열어보았다.

퇴거명령과 강제집행.

엄마는 무표정했다. 놀라지도, 울음을 터트리지도 않았다. 엄마는 내용물을 다시 봉투에 잘 넣어 식탁에 올려둔 후 마치 방금 깨닫기라도 한 듯 집 안을 치우기 시작했다. 그릇들을 장에 넣고, 싱크대에 수북이 쌓여 있던 설거지를 다 했다. 서랍에서 쓰레기봉투를 꺼내 쓰레기를 집어넣는데 새아빠가 들어왔다. 손에 피자 상자를 들고 있었다. 새아빠는 엄마가 청소하는 것을 보고 놀라는 동시에 반가워했다.

"당신, 일어났어? 뭐 좀 먹어야지. 내가 미리 알고 피자를 사왔어. 이리 와."

새아빠는 특유의 부산스러운 모습으로 피자를 펼쳐 놓았다. 엄마는 잠자코 와서 피자를 먹기 시작했다. 굶은 사람처럼 흘러내린 토핑을 주워 입으로 가져가며 열심히 먹었다. 엄마의 먹는 모습에 새아빠가 깜짝 놀랐는지 눈이 휘둥그레졌다. 그 자리에서 세 조각을 먹어치운 엄마는 트림까지 했다.

"당신, 배고팠구나. 한 조각 더 먹어."

"아냐. 됐어."

"그럼 콜라 마셔."

"콜라는 됐고 이혼이나 해."

"뭐?"

엄마는 손가락으로 피클을 집어 먹으며 마치 영화 보러 가자고 말하듯 가볍게 말했다.

"이 집 해결 못 하면 이혼하자고 했지? 법원에서 퇴거명령이 날아왔어."

엄마는 식탁 위에 놓아둔 법원의 문서를 새아빠 앞으로 내밀었다.

"그거 내가 변호사와 상의해봤는데."

엄마는 새아빠의 말을 딱 잘랐다.

"됐어. 그만해. 당신 핑계, 이제는 더 듣고 싶지 않아. 더 이상 당신 탓하고 싶지도 않아. 당신은 처음부터 친구 사업을 자기 것인 양 나를 속였어. 거짓말로 사업에 쓴다며 내 돈도 다

가져갔어. 결혼 초에 생활비라며 가져다준 돈은 다 빚이었고. 이 집도 애초에 당신 친구 거잖아."

"아니라니까! 내가 몇 번이나 말해? 이건 내가 빌려준 돈 대신에 받은 거야. 차용증서를 찾아왔다고!"

"그럼 더더욱 용서 못해!"

엄마가 소리를 빽 질렀다. 그 서슬에 아빠가 입을 다물었다.

"차용증서를 받아서 주머니에 넣고 인사불성이 되도록 술을 마셨다고? 다음 날 아침 일어나보니 없어졌다고? 그게 없으면 우리는 길바닥으로 나앉게 생겼는데 어떻게 된 일인지 모르겠다고? 지난달 내내 뭐라고 했어? 다시 찾을 수 있다고, 걱정 말라고 했지?"

"그게······."

엄마는 새아빠의 말을 손짓으로 막았다. 엄마는 손으로 머리를 누르며 혼잣말처럼 들릴락 말락 한 소리로 말했다.

"도대체 사는 건 왜 이렇게 길고 지긋지긋할까."

새아빠는 그 말을 알아들었다. 엄마가 소리 지르며 새아빠의 책임을 따질 때보다 그 작은 목소리가 더 무서웠다.

"밤에 잠이 들 때마다 이대로 죽어서 깨지 않게 해달라고 빌었는데 아침만 되면 눈이 떠져. 숨도 쉬기 힘든데 때가 되면 배가 고파. 화장실도 가고 싶어. 사는 거 질기지 않아? 정말이지 다 그만두고 싶은데 절대로 끝나지 않아. 나는 또 일하러

나가야 할 거고, 승민이를 키워야 돼. 이게 무슨 말인지 알아? 이런 날이 수백 일, 수천 일 계속 반복된다는 거야."

"시간이 지나면 나아질 거야. 다 잊고 살게 될 거야. 조금만 기운을 내."

"그게……."

엄마가 새아빠를 향해 씁쓸하게 웃었다.

"그게 내가 제일 무서워하는 거라는 거 모르겠어? 다 잊어버리고 살게 될 거라는 거. 하루하루 살아내는 데 치여서 나연이도 잊어버리고 내가 왜 사는지, 무엇 때문에 살아 있는지도 다 잊어버리게 되겠지. 그건 견딜 수가 없어. 절대로."

아니야, 엄마! 그건 아니야! 절대로 견딜 수 없는 건 없어!

나는 엄마에게 소리쳤다. 나도 내가 무엇 때문에 살았는지, 그리고 왜 이때 죽었는지 전혀 알 수 없다. 그런데 그걸 꼭 알아야만 하나. 내가 사는 이유를 모른 채, 목적 없이 살 수도 있는 거 아닐까. 그냥 좀 더 견디며 살면 되는 거 아닐까. 영에게는 아무런 미래도, 변화도, 존재의 이유도 없다. 하지만 나는 지금 여기에 있고 견디고 있다. 이것도 삶이 아닐까.

그러나 엄마는 내 목소리를 들을 수 없고 여전히 차갑고 담담한 말투로 새아빠에게 말했다.

"이제 그만해. 이혼 서류는 이미 떼놨어. 나연이 죽기 전에. 그러니까 이건 나연이 때문만도 아냐. 당신은 사인만 하면 돼."

새아빠가 벌떡 일어나 엄마에게 다가와 팔을 붙잡았다. 엄마가 새아빠의 얼굴을 가만히 들여다보며 말했다.

"당신은 착한 사람이야. 그건 알아. 하지만 당신은 무책임하고 무능해. 부탁이야. 이제 그만하자."

"이러지 마. 나연이를 생각해서라도 우리가 잘살아야지. 불쌍한 나연이가 우리를 지켜보고 있을지도 모르는데."

"나연이는 언제나 당신을 싫어했어. 그냥 나연이랑 둘이 살았어야 했는데. 그랬으면 이 동네로 이사 오지도 않았고, 우리 나연이는 살아 있을지도 모르는데……."

새아빠가 고개를 돌렸다. 엄마의 그 말이 새아빠를 가장 아프게 찌른 모양이었다. 엄마는 겉옷도 걸치지 않고 밖으로 나가버렸다. 새아빠는 식탁 의자에 털썩 주저앉아 손으로 땀을 닦았다. 아무 말도 하지 않았지만 나는 알고 있었다. 새아빠는 살아 있을 때의 나, 짜증내고 늘 화가 나 있던 나를 생각하고 있었다.

아빠, 미안해요. 내가 아빠를 싫어한 건 사실인데, 다 맞는데, 그건 아빠 잘못이 아니에요. 내가 무례하고 다정함을 알지 못했던 탓이지.

그렇다. 지영이 날 좋아하지 않은 것도 내 잘못이 아니다. 나는 지영 앞에서 내가 어떤 결함을 가진 것처럼 느꼈는데 그건 단지 내가 지영과 더 가깝고 다정한 관계가 되고 싶었기 때문이다. 중학교 때 은수와 그랬던 것처럼. 누군가를 좋아하고 가까운 사이가 되고 싶다고 바라는 건 나쁜 게 아닌데 왜 나는 주눅이 들었을까. 내가 알았어야 했던 것은 나를 사랑하는 사람들에게 다정해지는 것, 나를 사랑할 생각이 없는 사람에게 담담해지는 것이었다.

엄마는 마구 걸었다. 어디로 가야 한다는 목적지도 없고, 어디로 가고 있다는 생각도 없는 것처럼 보였다. 그저 다리가 혼자 움직일 뿐이었다. 구름이 금방이라도 비를 뿌릴 것처럼 몰려왔다. 엄마는 가끔 현기증이 이는지 멈춰 서서 잠시 눈을 감는 것을 제외하고 계속 걸었다.

어느 건널목에 멈췄을 때 엄마는 낡은 현수막이 펄럭이는 것을 보았다.

뺑소니 사고 목격하신 분, 찾습니다.

아빠가 걸어둔 것이었다. 사고 지점을 표시했던 흰색 라커는 지워지고 없었다. 엄마는 고개를 돌리고는 신호를 무시하고 길을 건넜다. 여기저기서 자동차 경적 소리가 신경질적으로 울렸다.

 내가 죽은 후 처음 정신을 차렸던 커피숍과 편의점, 약국과 병원이 늘어선 거리. 마치 엄마는 내가 늘 이 거리를 돌아다니고 있다는 사실을 아는 것처럼, 그래서 내가 어느 가게 안에서 툭 튀어나오기라도 기대하는 것처럼 가게 하나하나를 쳐다보며 천천히 걸었다. 그러다 어느 순간 걸음을 멈췄다.

 서점 앞이었다. 이제는 내게 너무나 익숙해진 그 서점 앞에. 엄마는 중요한 글씨를 발견한 것처럼 진열된 책에 눈길을 던졌다. 잡지 몇 권과 인기 있는 자기계발서 몇 권이 놓여 있었다.

 갑자기 비가 후드득후드득 떨어졌다. 초등학교 여학생 몇 명이 깔깔거리며 엄마 옆을 스쳐 뛰어갔다. 엄마는 고개를 돌려 그 모습을 바라봤다. 비가 거리를 메우자 서점 주인이 안에서 나왔다.

 "안으로 들어와서 구경하세요."

 엄마는 멍한 눈으로 서점 여자를 잠시 바라보더니 안으로 들어갔다. 비 때문에 순식간에 주위가 컴컴해졌다. 엄마는 계산대 옆 테이블 의자에 앉았다. 서점 주인이 차 한잔하라며 커피포트에 전원을 넣었다.

 "따님은요?"

 "예?"

 "내 정신 좀 봐. 학교 갔을 시간이지. 아직 방학 안 했죠?"

"……."

"전에 따님이랑 오셨던 게 기억나요."

"그래요?"

"키 크고 비쩍 마른 여학생 맞죠? 방탄 화보 사러 오곤 했는데."

"우리 애가 방탄을 좋아했어요?"

"모르셨어요?"

서점 주인은 찻잔을 건네며 물었다.

엄마는 천천히 고개를 저었다.

"몰랐어요. 관심도 없었죠. 우리 애가 좋아하는 가수 따위. 그런 게 사는 데 무슨 도움이 되냐고 공부나 하라고 했으니까."

서점 주인은 엄마의 말이 모두 과거형인 것을 알아챘다. 그녀의 목소리가 한결 조심스러워졌.

"어머니들 입장에서야 그렇게 말씀하실 수 있죠."

"그것만이 아니에요. 우리 애는 그림을 그렸는데 때려치우라고 했어요. 간호학과 가라고. 나와서 제발 놀지 말고 취직하라고. 취직 못 하면 니 인생 끝이라고. 밥만 축내는 인생 살게 된다고. 늘 그렇게 협박했어요."

서점 주인은 오빠 말대로 잘 듣는 사람이었다. 서점 주인은 아무 말도 하지 않고 엄마의 얼굴을 조용히 바라보며 목소리에 귀를 기울였다. 엄마는 계속 말했다.

"나는……. 나는 그 애 낳은 걸 많이 후회했어요. 그 애가 낳아달라고 부탁한 것도 아닌데, 그 애를 낳지 말았어야 했다고 속으로 늘 후회했어요. 남들은 어떤 경우에도 자식을 보면서 힘을 낸다는데, 나는 왜 그게 안 되는지 모르겠어요. 내가 일일이 챙기지 않아도 될 만큼 혼자 알아서 하는 애였으면 얼마나 좋을까, 항상 불만이었어요. 왜 좀 더 똑똑하지 못한지 야무지지 못한지……. 그 애에 대한 책임, 내가 해줘야 할 것들을 생각하면 언제나 가슴이 갑갑했어요. 아, 물론 다른 부모들도 다 느끼는 의무감이라고 하겠죠. 그럴 수도 있어요. 하지만 전 우리 애 때문에 잃은 게 많다고 생각했어요. 애만 아니었다면 다르게 살 수 있었을 텐데, 더 자유로웠을 텐데, 그렇게 생각했죠."

엄마는 비에 젖은 바짓자락을 움켜쥐었다. 얼마나 세게 쥐었는지 엄마의 손톱이 손바닥을 파고 들어갈 정도였다. 그럼에도 엄마의 목소리는 여전히 차분했다.

"우리 애가 태어난 지 얼마 되지 않았을 때 저는 우연히 외국에 나가서 일할 수 있는 기회를 가졌어요. 하지만 혼자여야 된다는 조건인 거예요. 그 일자리에는 제가 아는 후배가 갔어요. 실력도 별로 없었는데……. 그때 제가 마음속으로 했던 생각을 잊을 수가 없어요. 저는 정말 무시무시한 생각까지 했어요. 우리 애가 죽는다면, 사고나 병 같은 걸로 고통 없이 죽는다면……. 나는 결혼에서도 풀려나고, 새 일자리도 가지고, 정말 자유로워질 거라고……."

온몸에서 기운이 빠져나갔다. 나는 책꽂이에 몸을 기대고 바닥에 앉았다. 내 감정을 뭐라고 설명해야 할까. 한데 뒤섞인 여러 감정, 슬픔이나 안타까움, 씁쓸함 같은 한 개의 단어로 설명할 수 없는 감정이 나를 휘저어놓았다.

나는 알고 있다. 엄마는 지금 정상이 아니고 죄책감 때문에 자신에게 지나치게 가혹한 상태라는 것을. 사람의 진심이란 백지처럼 반듯하고 평평한 것이 아니다. 진심이란 모순되고 충돌하는 것들이다. 내가 사라지고 싶으면서 동시에 남고 싶은 것처럼. 내가 은수에게 못된 소리를 늘어놓으면서도 돌아서면 은수에게 미안했던 것처럼.

나도 엄마를 원망했었다. 그렇게 예쁘면서 두 번이나 멍청한 결혼을 해서 나를 힘들게 했다는 것에 대해. 능력 있는 남자 잡아서 날 편하게 키워주지 못한 것에 대해.

이 세상에 누군가를 행복하게 해주기 위해 태어난 사람은 없다. 사람들은 모두 자신의 행복을 위해서 산다. 아빠도 그렇고, 엄마도 나를 낳아서 행복하게 키우기 위해 존재하는 사람이 아니다. 엄마도 엄마가 행복하기 위해 나를 낳았을 뿐이다. 나는 엄마가 바라던 행복을 주지 못했지만 그 또한 전적으로 내 책임은 아니다. 나로서도 어쩔 수 없는 일이었지만 내 존재가 엄마에게는 부담이었다. 진심이기 때문에 엄마는 더 죄책감을 느끼고 있었다. 그리고 앞으로 오래오래 힘들 것이다.

엄마, 미안해.

나는 중얼거렸다. 내 진심이었다. 동시에 나는 서러웠고, 눈물이 나올 것 같았다. 날더러 어쩌라고. 그럼 나를 좀 잘 낳아주던지. 공부도 잘하고, 성격도 좋고, 남들이 부러워할 딸로 낳아놓던지. 내 서운함도 내 진심이었다.

내가 영이 되었다고 해서 세상만사의 이치와 숨긴 뜻을 다 이해하고 갑자기 성숙하는 것이 아니다. 나는 여전히 열여덟 살이고 화가 나고 언짢으면 더욱 옹졸해지는 여학생일 뿐이다. 가장 끔찍한 건 앞으로도 내가 영원히 열여덟 살일 거라는 점이다. 아무도 좋아하지 않는, 아무도 나를 사랑했다고 말하지 않는 열여덟 살.

나는 슬펐다. 엄마도 슬픔을 겪고 있었다. 무엇이 슬픔을 덜어줄 수 있을까. 어떤 현명함이나 지혜도 슬픈 당사자에게는 소용이 없다. 나는 내 슬픔을, 엄마는 엄마의 슬픔을 다 겪어내는 것 외에는.

"사고가 난 후 학교를 찾아갔어요."

엄마가 다시 입을 열었다.

"사고라면……?"

"교통사고요. 뺑소니 사고였어요. 아파트 공사장 부근에서 났어요."

"아……."

서점 주인은 안다는 듯 고개를 끄덕였다.

"사고 후, 우리 애가 학폭이라는 글을 누가 인터넷에 썼어요. 우리 애가 친구를 왕따시키고 괴롭혔다는 거예요. 항의하러 학교로 찾아갔더니 아무도 우리 애 편을 들어주지 않는 거예요. 제일 친한 친구였던 애가 피해자라던데……. 그 애도 그렇고 다른 애도 그렇고……. 아무도 우리 애 편을 들어주지 않았어요, 담임도 우리 애 잘못이라고 하고. 그러니까 우리 애를 위해 말해줄 사람, 우리 애를 좋아했던 사람이 아무도 없는 거예요. 나도 제대로 사랑해주지 못했으니 우리 애는, 불쌍한 우리 애는 누구한테서도 사랑받지 못했나 봐요……."

엄마가 터져 나오는 무엇을 삼키듯 숨을 들이마셨다. 서점 주인이 물잔을 건넸다. 엄마는 물잔을 받아 들었지만 입도 대지 않고 그대로 내려놓았다.

"도대체 우리 애한테 무슨 일이 있었던 건지 나는 아무것도 몰라요. 누구랑 친하고 누구랑 싸웠는지 나는 아무것도 몰랐어요. 우리 애가 죽던 날 아침에도 잔소리만 했으니까. 그날 아침에 걔가 뭐라고 했는데, 나한테 뭐라고 말하고 나갔는데 그게 무슨 말인지도 나는 몰라요……. 나는 관심이 없었어요. 내 머릿속에는 오로지 돈뿐이었으니까. 우리 애가 내 이야기를 들으면 뭐라고 할까요……."

엄마가 말을 멈추자 실내에는 에어컨 돌아가는 소리와 문 너머의 빗소리만 들렸다. 엄마는 갑자기 전원이 꺼진 가전제품처럼 움직임을 멈췄다. 손가락으로 톡 건드리면 그대로 쓰러질 것처럼. 서점 주인도 입을 열지 않았다. 그저 엄마를 바라보고만 있었다.

나는 엄마의 얼굴을 바라볼 수 없었다. 오빠는 어디에 있을까. 오빠를 만나 시간이 지나면 엄마는 괜찮아지고, 나는 잊히고, 모든 것이 다 지나가 버린다는 말을 듣고 싶었다. 다른 곳, 다른 장소로 가고 싶었다. 그러나 내 몸은 움직이지 않고 그대로였다.

서점 주인이 엄마 손을 잡았다. 그리고 입을 열었다.

"어쩌면 영혼이 남아 우리 옆에서 모두 지켜보고 있을지 모르죠."

"안 돼요. 그럼 나한테 사랑받지 못한 걸 알게 될 거잖아요."

"사랑이라는 게 늘 좋고 예쁘게만 보이는 그런 건 아니잖아요."

그때 누군가 문을 열고 들어왔다. 술에 취해 서점을 찾아왔던 남자였다. 그는 비에 젖은 머리를 털면서 서점 안으로 뛰어들어섰다. 그는 엄마를 보고는 멈칫했다. 하지만 엄마가 더 빨랐다. 엄마는 벌떡 일어났다. 갑자기 일어나서인지 엄마의 몸이 비틀했다. 남자가 놀라서 엄마를 잡아주었다.

"괜찮으세요?"

"감사합니다."

엄마는 그렇게 말하고는 밖으로 뛰어나갔다.

"손님, 손님!"

서점 주인이 엄마를 부르며 쫓아 나갔다. 그러나 엄마는 뒤도 돌아보지 않고 빗속으로 사라져 버렸다.

나는 엄마를 쫓아가지 않았다. 피곤했다. 이불을 뒤집어쓰고 자고 싶었다. 살아 있을 때 나는 아무리 속상하고 우울해도 한잠 자고 나면 괜찮아지곤 했다. 그러나 우리는 잠들지 못한다. 산 사람들은 죽음을 영원한 잠이라고 부르지만 정작 영들에게 잠은 없다. 우리는 언제까지나 깨어서 지켜봐야 한다. 내가 남기고 온 잔해들을.

"무슨 일이에요?"

서점 주인이 다시 들어오자 남자가 물었다.

"애를 잃으셨어요. 얼마 전 근처에서 뺑소니 사고가 있었거든요."

남자는 깜짝 놀랐다.

"저도 들은 것 같은데, 여고생이라고……."

"네. 딸을 잃고 자책하시는 거예요. 곁에 있던 사람이 떠나면 그래요."

"아직 시간이 얼마 지나지 않았으니까……. 시간이 좀 더 지나면 괜찮아지지 않을까요?"

서점 주인은 낮게 한숨을 내쉬었다.

"괜찮아진다는 건 어떤 거죠? 생각이 자주 나지 않는 거? 생각날 때 덜 아픈 거? 그런 거라면 맞아요. 확실히 시간은 모든 걸 무뎌지게 해주죠. 그렇지만 어떤 일은, 그 일을 겪은 사람의 무릎을 확 꺾어버리는 그런 경우도 있어요. 그 당시에는 잘 몰라요. 그냥 사랑하는 사람이 죽어서 내가 아프고 슬픈 거구나, 시간이 지나면 나아지겠지, 그렇게 생각하지만 그 아픔과 슬픔 때문에 일어난 일들은 그 다음 시간에 지속적으로 영향을 미쳐요. 밤에 잠을 못 이루는 습관이나 누군가 만나기를 꺼려하게 되는 것, 모든 것이 의미가 없어 보이고, 그래서 하지 않았던 몇 가지 일들. 그런 것들이 인생의 방향을 바꿔버려요. 그 당시에는 아주 조금 변한 것 같지만 시간이 지날수록 점점 더 방향은 되돌릴 수 없게 되고 나중에는 완전히 엉뚱한 곳에 와 있는 자신을 발견하게 돼요. 내가 왜 여기 와 있지, 하며 화들짝 놀라지만 그때는 되돌릴 수 없어요. 너무 멀리 와버렸기 때문에."

 "그거야 인생의 모든 일이 다 그렇죠. 대학 입시 때 충동적으로 원서 하나 쓴 게 내 인생을 결정하듯, 사소한 모든 것이 우리 인생을 바꾸지 않아요?"

 남자가 불만스럽다는 듯이 말했다.

 "글쎄요……. 인생에 일어나는 모든 일이, 다 비슷한 무게의 영향을 가지진 않을 거예요. 결정적 사건이라는 게 있어요. 어떤 사람에게는 충동적으로 쓴 대입원서가 결정적 사건이겠죠. 시간이 지날수록 그 의미가 점점 더 커져서 나도 모르는 새 나의 모든 것을 바꿔버리는 일. 사랑하는 사람의 죽음은 결정적이죠."

 "그건 과거에 묶여 있는 거죠! 깨끗이 없던 일로 하면!"

 서점 주인이 희미한 미소를 지었다. 그러자 남자는 더욱 열을 내서 말을 계속했다.

 "제 말이 틀렸다고 생각하시죠? 너도 직접 겪어봐라, 그렇게 생각하시죠? 하지만 내가 누구보다 잘 알아요. 우리 애 엄마도 암으로 죽어서 가족이 죽는 게 어떤 건지 알아요. 좀 전의 저 엄마는 단지 마음이 아플 뿐이지만 나는 책임져야 할 자식과 빚까지 떠안았다고요. 돈이 별거 아닌 것 같죠? 사랑하는 가족이 죽고 나면 돈 같은 건 아무 가치가 없는 것 같죠? 아뇨. 안 그래요. 돈은 사람을 슬퍼할 새도 없이 만들어요. 그게 뭐든 둘이 싸우면 항상 돈이 이겨요. 그래서 나는 이겨내야 한다 결심했어요. 나라고 감정이 무뎌서 그런 게 아니라고요. 나한테는 딸이 있으니까. 그 애를 키워야 하니까 더한 것도 할 수 있었어요. 잊는 게 힘들다고요? 없는 걸로 할 수 없다고요? 그건 다 의지의 문제예요. 덜 절박해서 하는 말이지. 정말 절박해 봐요. 그런 말이 나오나."

남자가 갑자기 말을 멈췄다. 서점 주인은 남자를 물끄러미 쳐다보고 있었다. 남자는 서점 주인에게도 그와 비슷한 경험이 있다는 걸 알았다. 자신과 같은 걸 겪었다는 것을 알아챈 것이다. 두 사람은 서로의 얼굴을 바라보고 있었다. 이윽고 서점 주인이 입을 열었다.

"절박하지 않았다는 게 아니에요. 절박하다는 걸 그땐 몰랐어요. 다 지나간 후에야, 돌이킬 수 없을 만큼 지나온 후에야 안 거예요. 삼십 년이 지나서야 비로소 안 거죠. 그때 내가 절박했었구나, 하고."

"그럼 우리 같은 사람들은 어떻게 살아야 하는 거죠?"

서점 주인은 아무 말도 하지 않았다. 다시 빗소리, 에어컨 소리만 가득했다. 문득 나는 기척을 느끼고 뒤를 돌아보았다. 오빠가 어느새 내 옆에 와 있었다. 오빠는 책장으로 시선을 던지고 두 사람이 하는 이야기를 듣고 있었다.

조금 전까지 나는 마음속으로 오빠를 찾았다. 오빠와 이야기를 나누며 위로를 받고 싶었다. 오빠라면 이렇게 힘들 때 뭔가 답이 될 수 있는 말을 해줄 것 같았다. 하지만 답 같은 건 오빠도 가지고 있지 않다는 것을 알았다. 그런 게 있다면 오빠가 삼십 년이 지난 지금까지 이렇게 헤매고 다니지는 않을 것이다.

무엇보다 지금 오빠는 나를 보고 있지 않다. 오빠는 서점 주인의 말에 귀를 기울이고 있다. 그는 내가 아닌 서점 주인에게 속한 사람인 것이다. 나는 오빠가 의지할 수 있는 유일한 존재라고 믿고 있지만 그래서 오빠가 사라질까 봐, 나를 두고 가버릴까 봐 두려워하지만 오빠는 내 마음과는 상관없이 머물다가 어느 순간 떠날 것이다.

그러니까, 나는 혼자다. 내가 살던 세계에서도, 지금 도착해 있는 이 세계에서도. 나는 조용히 서점을 나왔다.

엄마는 집으로 돌아갔다. 집에는 아무도 없었다. 식탁 위에 법원에서 온 통지서가 사라지고 없는 걸로 봐서 새아빠는 또 부질없는 희망과 낙관을 가지고 누군가를 만나러 나간 모양이다. 엄마는 빗물이 뚝뚝 떨어지는 채로 거실로 천천히 걸어 들어왔다.

동생이 혼자 소파에서 잠들어 있었다. 배가 고팠는지 소파 아래에 과자 봉지가 굴러다녔다. 엄마는 동생의 모습을 보고 흠칫 놀라 발을 멈췄다. 동생의 얼굴, 때가 낀 손과 발에는 누군가의 보살핌을 받지 못한 티가 완연했다. 멍하니 동생의 얼굴을 바라보던 엄마는 이불을 가져와 동생의 배를 덮어주고는 욕실로 들어갔다. 김이 하얗게 올라오도록 뜨거운 물을 틀고 엄마는 긴 샤워를 했다.

이윽고 샤워를 마치고 나온 엄마는 집 안을 치우기 시작했다. 쓰레기를 묶어서 종량제 봉투에 집어넣고 음식 쓰레기와 함께 내다 버렸다. 집 안에 흩어진 온갖 잡동사니를 모아 박스에 집어넣었다. 내 방문은 굳게 닫혀 있었고 엄마는 내 방에는 들어가지 않았다. 동생 방에는 잡동사니가 유난히 많았다. 다 먹은 치킨 상자, 찢어진 그림책, 고장 난 장난감. 거기다 아빠가 읽다 던져둔 주간지와 엄마가 홈쇼핑에서 받은 각종 사은품과 빈 박스 등등. 엄마는 재활용 봉투를 가져와 모조리 쓸어 담았다.

내가 살아 있을 때도 엄마는 한꺼번에 몰아서 청소를 하는 편이었다. 바쁘고 피곤하다며 대충 쳐다보지도 않다가 어느 날 한 번 꽂히면 창문틀과 장롱 위까지 모조리 걸레로 문지르고 닦고 했다. 엄마는 작정한 듯 동생 방의 온갖 허접한 것들을 꺼내기 시작했다. 상자도 열지 않은 사은품부터 책꽂이에 꽂아둔 엄마의 전공 책도 꺼냈다. 그 책들은 엄마가 이사할 때마다 제일 소중하게 챙기던 것들이었다. 종종 엄마는 그 책들을 꺼내 보며 잘나가는 디자이너가 될 수 있을 거라고 믿던 시절 이야기를 해주곤 했다.

"진짜 학점도 좋았는데. 공모제에 나가 입상도 많이 했고."

엄마의 전공 책 옆에는 한국문학전집이 있었다. 엄마의 손이 그 위에서 멈췄다.

엄마, 제발 그 안을 봐. 그 안을 펼쳐봐. 좀 보라고!

나는 있는 대로 소리쳤다. 그러나 엄마는 책 안을 살펴보지 않았다. 엄마는 고개를 절레절레 저었다. 내가 원하지도 않는 것을 굳이 사서 안겨다 준 것을 후회하고 있는 것 같았다.

"이딴 거 재미없다고! 왜 엄마 마음대로 사와서 나한테 강요하는 거야? 나는 내가 좋은 걸 읽을 거라고!"

내가 그렇게 소리쳤던 것을 기억하고 있는지도 모르겠다. 그래서 엄마는 치워버리려고 결심한 것이다. 엄마는 장 보러 갈 때 끌고 다니는 손수레를 가져와 책들을 그 안에 다 담고 한 손에는 재활용 봉투를 들고 밖으로 나갔다. 나는 깜짝 놀라 외쳤다.

엄마, 뭐 하려는 거야? 그걸 다 버리려는 거야? 아니지?

엄마는 단호했다. 엄마는 빌라 뒤편 재활용 수거장으로 손수레를 끌고 갔다. 그러고는 책을 모두 꺼내 버린 뒤 돌아보지도 않고 빈 손수레를 끌고 집으로 돌아갔다.

나는 급히 요일을 생각했다. 재활용 쓰레기 수거일은 수요일이다. 오늘은 무슨 요일이지. 요일이 기억나지 않았다. 나에게는 더 이상 요일 따위를 기억할 이유가 없었던 것이다. 나는 근처 가게로 달려갔다. 어디에 가야 달력이 있을까. 머릿속이 새하얘진 내 귀에 텔레비전의 목소리가 들려왔다.

"7월 17일 금요일 저녁 뉴스를 전해드리겠습니다."

다행이다, 오늘은 금요일. 아직 시간이 있다.

그런데 누가 나를 도와줄 수 있을까. 누가 내 말을 들어줄 수 있을까. 누군가 내 말을 들어주려면 나는 누구에게 도움을 청해야 하나. 나는 '폐차장 애들'을 떠올렸다.

그들이 어디에 있는지, 나에게 어떤 짓을 할지, 그래서 내가 어떻게 되는지는 모르겠지만 나는 그들을 찾아가야 한다.

죽은 후에도
사람은
자라는 것일까

나는 기훈 오빠에게 아무 말도 하지 않고 폐차장 애들을 찾아가기로 결심했다. 오빠가 안다면 나를 말릴 게 분명했다. 나에게는 시간이 없었다. 수요일 재활용 쓰레기차가 오면, 엄마가 내다버린 한국문학전집이 재활용 차에 실리기만 하면 모든 것이 끝이다.
 폐차장 애들을 찾으려면 폐차장부터 찾아야 했다. 나는 폐차장이 어디인지 모른다. 나는 주민복지센터로 가서 관내 지도를 살펴봤다. 폐차장 같은 것은 보이지 않았다. 예전에 공장 혹은 폐차장이었던 곳은 이미 아파트가 들어선 지 오래였다. 폐차장이 사라졌는데도 영들은 그곳에 남아 있는 것일까.
 예전에 각종 공장이 몰려 있던 곳에 대한 얘기를 어렴풋이

들은 적이 있었다. 나는 달리 방법을 찾을 수 없어 공장을 없애고 그 자리에 들어선 아파트 단지로 갔다. 친환경 아파트라는 이름을 달고 지어진 40층짜리 건물은 상큼한 색상의 페인트를 칠하고 뻐기듯이 서 있었다. 1층 화단에는 푸른 잎이 무성한 조경수가 빼곡했다. 투명한 아크릴 담장이 둘러져 아파트 주민만이 드나들 수 있도록 보안도 철저했다. "외부인의 출입을 금합니다." 하는 경고문도 커다랗게 붙어 있었다.

"쳇, 전기 철조망이라도 두르지 그래."

나는 있는 대로 소리를 질렀다. 공장은커녕 화물차 하나 보이지 않아 심술이 났다. 내가 아무리 소리쳐도 산 사람은 들을 수 없다. 바로 그 이유 때문에 나는 이 자리에 와 있는 것이다.

나는 하릴없이 아파트 주변을 맴돌다 단지 뒤편에 이르렀다. 길가에는 낡고 초라한 상가들이 늘어서 있고 그 뒤로는 주택가가 있었다. 신도시에 미처 흡수되지 못한 구도시의 흔적이었다. 골목 어귀에 나를 쳐다보는 영의 모습이 눈에 들어왔다. 시커먼 옷을 입고 입가에는 경멸하는 듯한 미소가 걸린 영은 지난번 길에서 느닷없이 날 공격했던 바로 그 영이었다.

이번에는 내가 그 영을 쫓아갔다. 그는 골목 안으로 사라졌다.

"이봐요! 좀 기다려요!"

나는 달려갔다. 골목은 다른 골목과 이어지고 또 끊어지며 복잡하게 얽혀 있었다. 그리고 이상하리만치 사람이 드물었다. 저녁이 지나 어둠이 몰려오는데도 불이 켜지지 않는 집도 많았다. 어떤 집은 아예 대문과 창문이 사라지고 없었다. 그제야 나는 그곳이 철거 예정지라는 것을 알았다. 어둠 속에서 과거의 유적처럼 낡은 간판들이 보였다. 집수리, 참기름 공장, 비닐 제작, 폐기물 수거…….

나는 골목을 따라 발이 닿는 대로 걸어갔다. 어둠 속에서 낡고 무너져 내리고 있는 오래된 동네는 알 수 없는 서글픔을 가져다주었다. 모든 것은 사라지는데 왜 나는 사라지지 못하고 남아 있는 것일까.

그때 갑자기 산더미 같은 폐기물과 영들이 나타났다. 영들은 폐기물더미 위에 앉아 있거나 그 주변에 모여서 자기들끼리 장난을 치고 있었다. 그 장난은 흔히 말하는 장난, 그러니까 가벼운 몸싸움이나 내기 같은 것이 아니었다. 한 명이 누군가의 목을 조르고, 다른 영들은 시간을 재는 듯 숫자를 세고 있었다. 또 다른 영이 다가와 같이 목을 조르기도 했다.

영은 서서히 감정과 감각을 상실한다고 했다. 그것은 끝없이 이어지는 회색 담장 사이를 계속 걷는 것과 비슷하다. 아무것도 느낄 수 없어 지루하고 또 지루한 날들이 끝없이 이어진다. 그럼에도 사라지는 것을 선택하지 못하는 영들이 있다. 그들은 여전히 살아 있다고 착각하며 계속 남고 싶은 집착에 사로잡혀 있다. 그들은 일말의 감각, 감정을 다시 느껴보기 위해 아직 감각이 남아 있는 영을 붙잡아 그들을 고문한다. 유일하게 다시 느껴볼 수 있는 감각 혹은 감정은 고통과 고통이 사라질 때 찾아오는 일말의 후련함뿐이니까.

사로잡힌 영은 죽지 않으니 언제까지라도 고통이 이어질 수 있고 여러 명의 사악한 영들이 번갈아가며 그에게 고통을 줄 수 있다. 마치 하나의 놀이처럼. 나는 너무 소름이 끼쳐 걸음을 멈췄다. 그게 신호라도 된 듯 영들은 동작을 멈추고 날 쳐다봤다.

"신참이네."

"오오, 거의 산 사람과 같은 수준이야. 이야!"

영들이 나에게 다가왔다. 마치 흡혈귀가 피 냄새를 맡은 것처럼.

소위 '폐차장 애들'이라고 불리던 그 영들은 하나같이 무서운 얼굴을 하고 있었다. 생김새가 특별해서가 아니라 오랫동안 축적된 적의와 분노, 멸시와 증오심이 얼굴에 문신처럼 새겨진 느낌이었다.

나쁜 생각들은 얼굴에 쌓인다. 선생님이 그렇게 말할 때 나는 믿지 않았다. 지영은 못된 생각만 해도 여전히 예뻤고 새아빠는 착해도 점점 보기 흉해졌으니까.

하지만 그 말은 사실이었다. 나쁜 생각들은 내 얼굴과 내 몸에 쌓이고 흔적을 만든다. 그리고 그 흔적이 결국은 내가 된다. 그것은 사람이 죽은 후에도 악의와 증오를 계속 가질 수 있다는 사실만큼이나 충격적이었다. 이유 없이 은수를 싫어하고 조롱하던 내가 나이가 들고 자라면 어떤 얼굴을 가지게 되었을까.

나는 나도 모르게 뒷걸음질 쳤다. 그러나 이미 등 뒤에도 그곳 영들이 둘러싸고 있었다. 빠져나갈 틈이 없었다.

"우리하고 놀려고 왔니?"

나는 고개를 저었다.

"우리하고 놀기 싫어? 재밌을 텐데. 우리는 죽지 않기 때문에 뭐든 다 할 수 있거든. 어떤 나쁜 짓을 해도 우리한테는 아무 일도 일어나지 않아. 어때?"

누가 내 머리카락을 뒤에서 툭 건드렸다. 별것 아닌 행동이었지만 나는 겁에 질려 소리를 질렀다. 그러자 영들은 더 짓궂게 내 머리카락을 잡아당기고, 내 옷을 들추고 심지어 내 몸을 만지기까지 했다. 나는 비명을 지르며 가슴을 감싸고 주저앉았다. 나도 모르게 눈물이 흘러나왔다. 영들은 내가 우는 모습을 보며 환호를 내질렀다.

"얘는 죽은 지 얼마 안 되는 진짜 신참이야!"

"나는 여자애들이 울며 징징거리면 제일 귀엽더라."

"이렇게 어린 나이에 죽은 게 억울해요. 엄마한테 돌아가고 싶어요, 우리 식구가 날 기다릴 거예요, 잉잉잉. 그 말 하러 왔지?"

나는 엄마라는 말에 고개를 들었다. 매섭고 독한 인상 때문에 몇 살인지 분간할 수 없는 얼굴을 가진 여자가 거기 서 있었다. 그리고 보니 여자들도 꽤 섞여 있었다. 잔인함은 남녀를 가리지 않는다.

"여기 오면……."

"여기 오면 뭐?"

나는 억지로 눈물을 집어삼켰다. 그래봤자 죽기밖에 더 하겠어, 라는 농담처럼 이미 죽은 나는 죽어도 상관없었다. 그 마음이 내게 용기를 줬다.

"여기 오면 산 사람들과 교신하는 법을 알 수 있다고 들었어요."

그러자 다시 폭소가 터졌다. 누군가 얼굴을 내 앞으로 바싹 들이대며 말했다.

"아이구, 그러셨어요? 산 사람한테 뭔가 알려주고 싶으세요? 왜? 당첨된 로또라도 감춰두고 나왔어?"

"전에는 카드 비번 가르쳐줘야 한다고 찾아온 사람도 있었잖아."

"그러니까 죽어서라도 사랑하는 사람들을 구하고 싶다?"

내 앞에 얼굴을 들이댄 영은 일부러 그러는지 눈알을 이리

저리 굴러대며 말했다. 단지 눈동자일 뿐인데 너무 가까운 탓에 징그럽고 소름이 끼쳤다. 그가 내 마음을 정확하게 읽는다는 게 더 끔찍했다.

"꼬맹아, 이제 내가 말해주지 않아도 알겠지? 너랑 똑같은 이유로 이곳을 찾아온 사람이 수천 명이었어."

"그럼……?"

"그래. 그 사람들 말대로 다 들어주면 저 세상은 온통 귀신들 얘기로 가득 찰걸."

"그럼 방법은 있다는 거네요?"

낄낄낄, 다시 웃음소리가 내 주변에 가득했다. 그러자 좀 전에 나한테 말을 걸었던 여자가 내 앞의 남자를 밀치고 나를 내려다봤다.

"방법이 있다면 시키는 대로 할래?"

나는 고개를 끄덕였다. 두려움 때문에 아주 조금이긴 하지만 분명히 끄덕끄덕했다.

"자본주의 사회에서 공짜는 없단다. 알지?"

영들에게 무슨 돈이 필요하기에 자본주의 사회일까, 하는 생각이 들었지만 나는 역시 끄덕끄덕했다.

"근데 네가 할 수 있는 건 없어. 네가 우리한테 줄 수 있는 것도 없고. 사실 우리는 딱히 필요한 것도 없어. 재미난 것도 없고. 바라는 것도 없어. 죽었기 때문에 제일 짜증나는 게 바로 그거지."

"하지만 조금 전에 나 때문에 웃었잖아요."

"뭐?"

"다들 깔깔거렸잖아요. 재미있어서 웃은 거 아니에요?"

"맞아. 너 같은 신참을 보면 기대가 되거든. 너를 통해 뭔가를 뽑을 수 있다는 기대."

"그럼 나를 통해 실컷 뽑아내고 내가 원하는 걸 말해주면 되잖아요."

그러자 얼굴을 디밀었던 남자의 얼굴이 다시 내 앞으로 다가왔다.

"고거 괜찮은 생각인데."

"맞아, 맞아."

주변의 영들이 말했다.

"죽을 것 같은 고통이 계속될 텐데. 자신 있어? 아무리 초보라 해도 영들은 머릿속에 그리는 장소로 이동한다는 것쯤은 알고 있을 테고, 우리가 널 괴롭히는 동안에 네가 사라져 버리면?"

"아무 데도 안 갈 거예요. 말해주기 전까지는."

"다들 그렇게 말한단다. 넌 다르다는 거지? 어디 한 번 시험해볼까?"

여자가 손을 뻗어서 내 목을 움켜쥐었다. 여자의 긴 손톱이 내 피부를 파고들어 몹시 아팠다. 여자는 체격도 컸지만 힘도 엄청났다. 한 손으로 내 몸을 움켜쥐고 들어올렸다. 여자의 사악함이 그런 힘을 만들어내는 것인지도 몰랐다. 나는 숨이 막혀서 다리를 버둥거렸다. 당장 숨이 끊어질 것처럼 고통스러웠다. 내가 더 이상 죽지 않는다는 사실이 아무런 위로가 되지 못할 만큼.

"자, 이렇게 언제까지 버틸 수 있어? 우리가 가장 자주 하는 놀이야. 죽을 수도 없는 상황에서 얼마나 버티는지."

나는 대답할 수 없었다. 영들의 웃음소리도 내 귀에는 들리지 않았다.

엄마가 나를 낳은 그때는 무통 분만 같은 것이 없어서 만 하루 동안 진통을 겪었다고 했다. 진통이 올 때마다 너무 힘들어서 차라리 죽어버렸으면 하는 생각까지 했다고. 언제 끝날지 알 수 없는 것이 가장 무서웠다고.

그것보다 더 무서운 것이 바로 여기 있었다. 여기에는 나를 도와주려는 사람이 하나도 없다. 그 자리에는 오로지 구경꾼뿐이다. 여자는 사람을 고문할 줄 알았다. 내가 의식이 가물가물해질 때쯤 내 목을 틀어쥔 손에서 힘을 살짝 뺐다가 정신이 들면 다시 힘을 줬다. 구경하는 영들은 손뼉을 치며 숫자를 셌다. 백열하나, 백열둘, 백열셋······.

어떻게 다른 사람의 고통을 보며 이렇게 좋아할 수 있을까.

무의미한 즐거움을 그만하라고 말하는 사람이 하나도 없을 수가 있을까. 그러나 나도 마찬가지였다. 은수가 괴로워하는 줄 알면서도 나를 위해 은수를 따돌렸다. 은수가 내 말을 한 번만 들을 수 있다면. 딱 한 번만.

"가르쳐주세요, 어떻게 하면……."

여자의 손아귀 힘이 느슨해진 틈을 타 나는 사정했다. 여자의 주먹이 내 복부로 들어왔다. 허리가 끊어지는 고통이 겹쳐졌다.

"야야, 산 사람과 교신할 수 있으면 세상이 이 지경이겠냐? 사람들이 죽으면 얼마나 멀쩡해지는데. 다들 안 죽어봐서 그런 거야."

죽는다고 다 멀쩡해지는 것도 아니지 않나. 바로 당신들 말이야.

"분명히 방법은 있는……거죠?"

"성공했다는 말을 들은 적 있어. 하지만 알아둬야 할 게 있어. 산 사람들과 교신하면 넌 사라져."

성공했다는 말을 들은 적 있다고? 어떻게?

나는 따져 묻고 싶었지만 목소리가 나오지 않았다. 여자가 다시 손아귀에 힘을 준 것이다. 폐기물 처리장의 영들은 다시 소리를 지르며 환호했다.

"자, 언제까지 견디나 보자. 사랑하는 가족을 위해 네가 얼마나 오래 버틸 수 있는지. 너도 궁금하지?"

나는 끝까지 버텨야겠다고 결심했다. 잔인한 영들이 나를 고문하다 지루해져서 포기할 때까지 버틸 거라고. 나는 인내심이 약한 애였다. 무슨 일이든, 아무리 의욕적으로 시작했든 얼마 안 가 흐지부지되어버렸다. 하지만 이번에는 안 된다. 반드시 버티고 기다려야만 한다.

산 자와는 달리 영은 생각만으로도 그 장소를 벗어날 수 있다. 나는 다른 것을 생각하면 안 된다. 그럼 나는 홀연히 그곳으로 가버리게 될 것이니까. 나는 반드시 지금 이 순간, 이 공간, 이 아픔에만 집중해야 한다. 피하려 하지 말고, 달아나려고도 하지 말고 내가 받아내야 하는 고통을 오롯이 겪어야 한다.

나는 실눈을 뜨고 하늘을 봤다. 하늘에는 비현실적이리만치 아름다운 반달이 떠 있었다. 별도 반짝였다. 반짝이는 것들은 나와는 무관한 거리에서 나를 내려다보고만 있었다. 나는 반짝이는 것에 집중하려고 애를 썼다. 얼마나 멀리 있는지는 상관없었다. 내가 그것만 바라보고 있다는 사실이 중요했다. 내가 내 모든 것을 모아 한 곳을 응시하는 것. 그 이외 모든 생각을 잘라내는 것.

그때 여자가 날 팽개쳤고 다른 영이 내 목을 움켜쥐었다. 이번에는 남자였다. 남자의 악력은 여자의 손톱이 파고드는 고통과는 또 달랐다. 내 목이 부러지는 것만 같았다. 내가 죽지 않는다는 걸 안다고 해도 죽을 것 같다는 공포는 그대로였다. 이 사람들은 어쩌면 방법도 모르면서 날 괴롭히는 게 아닐까, 라는 생각이 머리를 스쳤다. 그렇다면 내가 왜 이 고통을 받아 줘야 하지.

넌 죽어도 싼 년이야.

은수가 혼자 중얼거리던 말이 떠올랐다. 어쩜 은수는 정말로 내 목소리를 들었을지 모른다. 그냥 은수에게 가서 내 방식으로 최선을 다해보는 게 나을지도 모른다. 은수가 내 목소리를 한 번만 더 들어준다면, 딱 한 마디만 전할 수 있다면…….

은수야, 은수야, 제발 내 말 좀 들어줘. 한 번만 내 말을 들어줘.

그때 또 다른 내가 다급하게 외쳤다.

안 돼! 은수 생각을 해서는 안 돼. 난 여기에 있어야 해!

교실 안은 아이들로 붐볐다. 교육청 모의고사가 코앞이라 담임이 모두 야자에 남도록 한 모양이었다. 다른 반도 마찬가지였다. 학원 수업이나 과외가 있다는 확인증을 제출하지 않은 애들은 모두 남아 있었다.

"쳇, 이런다고 우리가 공부할 줄 알고?"

왕거울을 앞자리 여학생의 등에 기대놓고 혜라는 인조눈썹을 붙이는 중이었다. 휴식시간을 알리는 종이 울리자 아이들이 모두 의자에서 일어났다. 앞자리 여학생이 일어나는 바람에 왕거울이 떨어지자 혜라는 비명을 질렀다.

"야!"

영어 공부를 하던 지영은 책 위에 엎드렸고 은수는 복도로 나가 창가에 기대섰다. 나는 은수의 옆얼굴을 보며 섰다. 내 앞에 있는 은수의 얼굴. 내가 나 자신과의 싸움에서 또다시 졌다는 증거였다. 나는 폐차장 영들의 고문을 견디지 못해 은수를 외쳐 부른 것이다.

지금쯤 폐차장 영들은 내가 고작 그것도 못 버티고 튕겨나갔다며 깔깔대고 있겠지. 가족을 구하고 싶다면서, 말을 전해주고 싶다면서 고작 그것도 못 견뎠다고. 나도 나를 비웃고 있었다. 아무리 간절해도 행동이 따라주지 않는 구제불능. 그러면서 간절하면 반드시 이루어진다, 따위의 달콤한 말을 다이어리에 적어놓고 다니는 멍청이. 그게 나였다. 나 자신에 대한 실망감에 눈물이 나서 은수에게 말을 건넬 수도 없었다.

그때 성아가 은수에게 다가왔다. 성아는 핸드폰을 은수 앞에 건넸다.

"이거 한번 볼래?"

"뭔데?"

"블로그 보다가 찾았어. 나연이 블로그야. 동영상이랑 사진을 많이 올려뒀던데. 네 사진도 많아."

"걔, 진짜 미친년이야. 왜 남의 영상을 자기 블로그에 막 올려?"

"일단 한번 봐."

은수는 성아에게서 핸드폰을 받아 내 블로그에 들어갔다. 성의 없이 대충 스크롤을 내리던 은수의 손이 잠시 멈췄다. 시립 미술관으로 현장체험학습 갔을 때 내가 찍은 짧은 동영상이었다. 나와 지영, 혜라는 일부러 은수만 빼고 몰려다녔고 은수는 우리 주변을 쭈뼛거리다 포기하고는 한쪽 구석으로 가서 멍하니 앉아 있었다. 나는 지영과 혜라가 화장실 간 사이에 화단 앞에 쪼그리고 앉아 꽃을 보고 있는 은수의 모습을 핸드폰에 담았다.

그 영상이 내 마음을 담았노라고 말하지는 못하겠다. 내 블로그는 일종의 일기장처럼 내키는 대로 찍어 올려놓고 혼자 보면서 노는 공간이었다. 은수를 찍은 영상에는 은수에 대한 미안함을 드러낼 만한 기술이나 효과가 전혀 없었다. 단지 내가 은수를 보고 있었다는 사실만 알려줄 뿐이었다.

"그거 뭐야?"

지영이 다가와 핸드폰을 가로챘다. 지영은 동영상을 처음으로 돌려서 봤다.

"나연이가 찍은 거래."

은수가 말하자 지영은 심드렁하게 폰을 다시 내밀었다. 성아는 자신의 폰을 돌려받고 교실로 돌아갔다.

"나연이 걔는 저런 걸 왜 찍었대? 혼자 이상한 걸 찍는다는 건 알았지만 저거 불법촬영 아냐? 진짜 웃기는 애였어."

은수는 지영의 얼굴을 멀뚱멀뚱 쳐다봤다.

"왜?"

"나 너한테 물어볼 거 있어."

"뭔데?"

"너 예전에 나하고 길에서 마주친 적 있잖아. 겨울이었는데 잠옷 차림으로."

지영의 얼굴이 냉랭해지더니 주변을 둘러봤다. 다른 반 아이들이 몇 명 복도를 지나가는 걸 빼면 아무도 없었다. 지영이 목소리를 낮추고 말했다.

"지금 그 얘기가 왜 나와?"

"네가 아무한테도 말하지 말래서 난 나연이한테도 말 안 했어. 근데 자꾸 이상해."

"뭐가?"

"나는 비밀을 지켰는데 넌 날 왜 미워했어?"

"내가 언제 널 미워했다고 그래? 나연이 땜에 널 오해한 거라구."

"내가 도둑질한다고, 나연이가 정말로 그렇게 말했어?"

"그럼 내가 지어냈단 말이야? 그렇게 믿고 싶으면 네 맘대로 해. 나연이가 죽어서 너한테 잘해주려고 했는데, 나연이 말이 맞았어. 넌 진짜 좀 또라이야!"

지영은 발칵 화를 내고 교실로 들어가 버렸다. 지영을 만나러 우리 교실로 오던 민재가 지영이 화가 나서 들어가는 모습을 놀란 눈으로 쳐다봤다.

"은수야, 무슨 일 있었어?"

은수는 아무 대답도 하지 않고 교실로 들어가 버렸다. 지영은 다시 영어 공부를 시작했다. 방금 은수와 그런 일이 있었는데도 아무렇지도 않게 공부할 수 있는 지영이 대단해 보였다. 나는 조금만 불안하거나 우울하면 책이 눈에 들어오지 않았다. 기분이 좋으면 좋아서, 나쁘면 나빠서 책을 덮었다. 애초에 지영은 나와는 다른 종류의 사람이었다.

중요한 건 은수와 지영이 나눠 가진 비밀이었다. 겨울에 잠옷 차림으로 돌아다녔다고? 정상적인 일은 아니지만 그렇다고 지영은 왜 저렇게 화를 낼까.

야자가 끝난 후 민재는 교문 앞에서 지영을 기다렸다. 지영이 나오자 민재가 다가가서 말을 붙였다.

"지영아, 배 안 고파? 뭐 먹으러 갈까?"

"안 돼. 나 학원 가야 해."

"무슨 학원?"

"수학."

"너 수학은 아예 안 하잖아."

"네가 날 다 알아? 나 오늘부터 수강이야."

"그런 얘기가 아니잖아. 너 은수랑 무슨 일 있었어?"

"일은 무슨 일?"

"은수랑 싸운 거 같아서. 좀 전에 은수랑 마주쳤는데 걔도 무슨 일 있는 거 같았어."

"너 은수한테 관심 있어? 왜 그 애 일을 나한테 물어봐?"

"너 왜 오늘 나한테 짜증이야?"

"네가 짜증나게 굴잖아!"

"내가 뭘? 너 가끔 진짜 이상해."

민재는 화가 나서 성큼성큼 걸어가 버렸다. 지영은 원망스러운 눈으로 민재의 뒷모습을 바라보더니 혜라가 다가오자 버스 정류장으로 달려갔다. 나는 지영과 함께 버스에 올랐다.

내가 지영에 대해 아는 게 없다는 생각이 들었다. 지영이 가지고 있는 카리스마, 사람을 끄는 흡인력 때문에 나는 친구들끼리 나누는 흔한 질문조차 건넨 적 없었다. 집안의 걱정거리나 용돈 고민, 부모님에 대한 불만 등등. 지영은 매사 쿨하게 굴어 그런 걱정거리는 전혀 없는 애처럼 보였다.

지영은 은수의 집 근처에 새로 들어선 아파트에 살았다. 새 아파트 특유의 광택과 알 수 없는 냉기가 집 안에 가득했다. 나는 그 냉기가 집 안 전체에 흐르는 정적 때문인 걸 금방 알아챘다. 지영의 어머니는 싱크대에서 설거지를 하고 있었고 아버지는 거실 소파에 앉아 뉴스를 보고 있었다. 그런데도 집 안은 너무나 고요했다. 모든 것이 가라앉아 있었다.

지영이 현관문을 조심스레 닫으며 들어와 인사를 했다.

"다녀왔습니다."

"어딜 갔다가 이제야 오는 거야?"

지영의 아버지가 물었다.

"야자했어요."

"야자는 무슨. 너 늘 사거리 상가에서 논다던데."

방에서 커다란 덩치의 남자가 나오면서 말했다. 지영의 오빠였다. 지영의 오빠는 아버지를 빼닮았다. 지영도 아버지를 닮았지만 어머니처럼 조용했다. 지영은 오빠의 말에 아무런 대꾸도 하지 않았다.

"너, 이리 와봐."

지영의 아버지가 지영을 불렀다.

지영은 아버지 앞에 다소곳이 섰다.

"이게 뭐야?"

지영의 아버지는 바지 주머니에서 액상 담배 카트리지를 꺼냈다.

"네 방 서랍에서 찾았어. 네가 쓰는 거야?"

"맞아요. 얘, 액상 담배 피워요."

지영은 여전히 고개를 푹 숙인 채 입을 다물고 있었다. 내가 아는 지영은 왜 자신의 서랍을 함부로 뒤졌냐며 항의하고 대들어야 하는데 전혀 아니었다. 지영의 아버지는 액상 담배 카트리지를 만지작거리며 지영을 뚫어져라 쳐다봤다. 지영의 어깨가 드르르 떨렸다.

"네가 피운 거 맞아? 거짓말하면 경찰에 있는 내 친구에게 분석 맡겨서 증거 찾아낼 수 있어."

"잘못했습니다."

지영이 기어드는 목소리로 말하자마자 지영의 아버지 발이 배로 날아왔다. 지영은 그 자리에서 뒤로 쿵 쓰러졌다. 지영의 아버지는 지영의 앞섶을 움켜쥐고 일으켜 세우더니 손으로 뒤통수를 후려갈겼다. 한 대, 두 대, 세 대…….

지영의 아버지가 차라리 몹시 화가 나 있었다면 덜 무서웠을 것이다. 아니었다. 아무런 감정이 실리지 않은 손찌검이었다. 마치 밥을 먹고 양치질을 하듯 너무나 자연스럽고 일상적인 매질.

 나는 폐차장의 영들을 떠올렸다. 느닷없는 폭력과 차갑고 잔인한 눈빛은 꼭 그들을 연상시켰다. 가장 무서운 사실은 아무도 말리는 사람이 없다는 것이었다. 지영의 오빠도 심지어 지영의 어머니도 아무 일도 일어나지 않은 듯 딴청만 피웠다. 싱크대에서 흘러내리는 수돗물 소리가 잔인하게 들릴 정도였다.

 폐차장에서 내가 영들에게 고문을 당할 때 가장 힘들었던 건 혼자라는 사실이었다. 마치 지금의 지영처럼.

 나는 지영에게 혼자가 아니라고 말해주고 싶었다. 내가 옆에 있다고. 그냥 맞고 있지 말라고. 무서우면 차라리 달아나기라도 하라고. 그냥 달아나 버리라고.

 하지만 지영은 맞아야 할 걸 다 맞은 다음에야 방으로 가는 대신 현관으로 나갔다.

 "야, 이 기집애야. 이 밤에 어딜 가? 집에 들어오면 맞아 죽을 줄 알아!"

 지영의 오빠가 외쳤다. 집을 나와 아파트 단지 밖으로 나가는 지영의 표정은 분하고, 화나고, 슬프고, 그 모든 것을 꾹 눌러 참느라 안간힘 쓰는 듯한 얼굴이었다. 내가 자주 짓던 표정. 하지만 나는 지영이 그런 표정을 짓는 걸 한 번도 본 적이 없었다.

지영아…….

나는 늘 지영이 대단하다고 생각해왔지만 오늘처럼 강렬하게 느낀 적은 없었다. 예전에 지영을 대단하게 생각했던 것은 일종의 선망이고 부러움이었다. 하지만 지금은 지영에 대한 응원에 가까웠다. 자신이 겪는 가정폭력을 철저하게 숨기고 거만한 얼굴로 친구들을 대하던 지영의 거짓말, 지영의 연기. 나는 그걸 정말로 응원해주고 싶었다. 폭력을 당하면, 특히 가족 내에서 지속적으로 폭력을 당하면 위축되고 자존감을 잃는다고 하는데 지영은 그러지 않았다. 거짓말이든 연기이든 지영은 자신의 모습을 스스로 정하고 그것을 친구들에게 보여주었다.

내가 살아 있다면 지영에게 잘 해냈다고 칭찬해주었을 것이다. 아니다. 누군가의 필사적인 거짓말을 알았을 때는 그냥 속아 넘어가 줘야 한다. 이제 나는 그럴 수 있다.

지영은 근처 사거리 편의점으로 가서 음료수 하나를 사들고 창가에 앉았다. 그저 앉아 있는 게 목적이었는지 캔 뚜껑을 따지도 않고 만지작거리더니 핸드폰을 꺼내 문자를 보냈다. 민재에게 보내는 것이었다. 민재는 답장을 보내지 않았다. 지영은 어깨를 더 작게 움츠리고는 멍하니 창밖만 바라봤다.

나는 지영이 안쓰러운 마음과는 별개로 민재가 나타나지 않기를, 화가 나서 지영의 문자를 씹기를 바랐다. 민재가 나를 기억하며 조금 더 슬퍼해줘도 좋을 텐데.

잠시 후 누군가 편의점 유리창을 똑똑 두드렸다. 민재였다. 지영이 밖으로 뛰어나갔다. 민재는 지영을 보자 씩 웃었다.

"씹은 줄 알았지?"

"어."

"너한테 성질낸 거 사과하려고 근처에 왔었어. 문자하려는데 네 문자가 먼저 왔네."

"쳇."

지영은 특유의 시큰둥한 표정을 짓더니 갑자기 민재의 목을 끌어안았다. 민재는 지영의 등을 달래듯 두드려주었다. 마치 무슨 말을 하려는지 다 안다는 듯이. 보안등 불빛이 보호막처럼 지영과 민재의 어깨 위로 떨어졌고 긴 그림자가 그 순간의 따스함처럼 길 위에 드리웠다.

나는 천천히 돌아서서 그 자리를 떴다. 지영과 민재는 정말로 사랑에 빠진 것 같았다. 내가 해보고 싶었던 것, 내가 상상하고 머릿속에서만 그려봤던 일들은 모두 지영의 것이 되었다. 나는 누구와도 사랑을 해보지 못한 채 이 거리를 헤매고 다니는데.

나는 크게 슬프거나 쓸쓸하지 않았다. 오히려 지영과 민재가 잘 사귀었다면 좋겠다는 생각이 들었다. 죽은 후에도 사람은 자라는 것일까.

나는 죽었지만 그럼에도 **나는 존재하고 살아 있다고 느낀다**. 이 상태를 벗어나 내가 사라지면, 또 다른 죽음을 맞으면 다시 어디로 갈 건지 두렵기도 하다. 그럼에도 어떤 부분은 내 마음 안에서 정리가 되고 나는 몇 걸음 떨어져서 그것들을 바라보는 것 같다. 이런 마음들이 쌓이면 사라지게 되는 것일까.

그래, 사라지자. 수요일까지 우리 가족을 구하지 못한다면. 나는 그 어느 때보다 나의 가족, 은수와 두고 온 초라한 나의 삶을 사랑한다. 사랑한다, 정말로. 그러니 그만 사라지도록 하자. 아무도 날 기억하지 않기를 바라며. 날 잊기를 바라며. 나 역시 아무것도 기억하지 못하기를 바라며.

나는 교문 앞에서 등교하는 아이들을 지켜봤다. 은수 모습이 보였다. 이어폰을 끼고 걸어오는 은수의 얼굴이 어딘가 변한 것처럼 보였다. 통통하던 볼살이 내려서인지 늘 아기 같던 얼굴이 훨씬 어른스러워 보였다.

"은수야!"

지영의 목소리였다. 지영은 민재와 다정하게 걸어오는 중이었다. 지영이 다가와 은수의 팔을 잡았다.

"같이 가자."

민재의 말에 은수는 귀에서 이어폰을 뺐다. 지영이 혼자 떠들었다. 아파트 근처 사거리에 새로 카페가 생겼는데 쿠키가 너무 맛있다면서 같이 먹으러 가자고, 민재랑 어제 갔는데 은수가 쿠키 좋아하는 게 생각났다고, 조잘조잘. 민재는 옆에서 맞장구를 치고 은수는 묵묵히 듣기만 했다.

"너 어제 일로 삐졌어? 야, 그만 풀어."

나는 지영이 은수와 화해하려고 애쓰는 모습에 충격을 받았다. 지영의 말투와 표정은 거의 아부처럼 보일 정도였다. 분명히 민재와 같이 있어서 그런 것 같은데 지영이 그렇게나 민재를 좋아하다니. 은수는 지영에게는 대꾸도 않고 민재에게 말을 걸었다.

"강민재."

"왜?"

"너 나연이가 다이어리 앱 쓰는 거 봤다고 했지? 무슨 앱이었어?"

"아, 그거?"

민재가 핸드폰을 열어 앱을 보여주었다. 지영이 다시 다정하게 말을 건넸다.

"이거 좋아? 나도 한번 써볼까? 은수야, 너도 이거 쓰려구?"

"난 먼저 간다."

은수는 앱만 확인하고 교실로 달려갔다.

나는 은수를 쫓아갔다. 지영은 아마 민재를 붙잡고 나는 화해하고 싶은데 어쩌고저쩌고 떠들 것이다. 그러면 민재는 지영을 또 달래주고……. 그건 더 이상 내 관심사가 아니었다. 나는 남의 연애에 관심을 기울일 만큼 한가한 사람, 아니 영이 아니었다. 나는 내 모든 것, 나의 존재, 나의 소멸을 걸고 은수에게 매달려야만 했다.

은수야, 제발 내 말 한 번만 들어줘. 나는 사라져도 좋으니까 제발 한 번만 내 말을 들어줘. 너는 들을 수 있잖아.

나는 은수 옆에서 끈질기게 말을 걸었다. 그러나 은수 귀에는 들리지 않았다.

교실로 간 은수는 핸드폰을 열고 앱스토어에서 다이어리 앱을 검색해 다운받았다. 나는 그때까지도 은수가 무엇을 하려는지 정확하게 몰랐다. 앱을 다운받은 은수는 어제 성아가 가르쳐준 내 블로그 계정으로 들어가 아이디를 확인하고 앱에 입력했다. 패스워드를 입력하라는 명령어가 떴다. 은수가 내 패스워드를 알까?

중학교 때 은수와 나는 함께 패스워드를 만들었다. 은수와 나는 각자 샤이니의 오빠 중 한 명을 골랐고 이름을 영어 자판으로 적은 뒤에 은수는 내 생일을, 나는 은수 생일을 넣었다. 서로의 생일을 잊어버리지 말자는 뜻이었다. 샤이니는 해체되었지만 여전히 우리의 오빠였고 그건 은수와 내가 변하지 않았다는 약속이기도 했다. 은수와 갈등을 빚으면서 다른 오빠로 갈아타려고도 했지만 패스워드 생성 방법은 그대로였다.

은수는 잠시 생각하더니 온유를 넣고 패스워드를 만들어봤다. 틀렸다는 메시지가 떴다. 은수는 종현을 넣어 다시 패스워드를 입력했다. 맞아, 은수야. 하지만 다시 틀렸다는 메시지가 떴다. 특수부호를 넣지 않은 것이다. 나는 특수부호를 느낌표와 골뱅이 두 개를 번갈아가면서 썼다.

은수야, 잘 생각해봐. 나는 복잡한 건 질색인데다 별다른 창의력도 없어. 제일 간단한 거나 제일 앞에 있는 걸 썼을 거잖아!

나는 은수에게 하소연했다. 은수는 느낌표를 넣어봤다. 다시 틀렸다. 은수는 포기하려는 듯 핸드폰을 껐다.

안 돼, 은수야. 거의 다 됐어. 한 번만 더 해봐.

마치 내 말이 들리는 것처럼 은수는 다시 앱을 열고 종현 뒤에 은수의 생일과 특수문자 골뱅이를 넣었다. 찰칵, 문이 열리는 소리가 들리는 것 같았다. 거기에는 은수와 다정했던 날부터 은수를 왕따시켰던 날들까지 내 속마음이 다 들어 있었다. 우리 집, 새아빠에 대한 불만과 민재에게 하고 싶은 말도 있었지만 나는 개의치 않았다.

나는 죽었다. 다른 애들이 뭐라고 떠들어도 나는 상관없었다. 아아, 내가 살아 있을 때 다른 사람에 대해 무심해지는 법을 배웠다면 얼마나 좋았을까. 다른 아이들이 하는 말, 나를 보는 시선에 무덤덤할 수 있었다면. 그래서 중학교 때처럼 은수와 둘이서만 마음을 주고받았다면. 내가 부러워했던 중학교 때 커플처럼 우리는 우리만의 세계를 나누어 가질 수 있었을 텐데.

은수는 내가 죽기 직전의 기록부터 읽어봤다. 은수가 자살 기도를 한 후 내가 적었던 후회의 글들. 스크롤을 내리자 내가 은수와 갈등할 때 쓴 글들도 나왔다. 초라하고 소심했던 나의 마음들. 그래도 그 다이어리 앱 안에는 최소한 거짓말은 없었다.

은수는 갑자기 핸드폰을 끄고는 입술을 꼭 다물었다. 은수가 종종 짓는 표정이었다. 억울하거나, 화가 나거나, 갑갑하거나, 장난을 치기 전에도 은수는 입술을 꼭 다물었다. 그럴 때 은수는 정말 귀여웠는데. 지금 은수는 무슨 생각을 하는 것일까.

지영이 다시 은수에게 다가왔다.

"나랑 얘기 좀 해."

지영이 은수를 데리고 복도로 나갔다.

"어제 일, 내가 사과할게. 화내서 미안해."

은수는 아무런 말도 없이 지영을 물끄러미 쳐다봤다.

"나도 나연이가 죽고 난 후 계속 힘들었어. 너도 그랬을 거야. 그러니까."

"나는 도둑질한 적 없어. 그리고 나연이도 내가 그랬다고 말한 적 없어."

"그래?"

지영의 얼굴이 어딘지 굳어 보였다.

"내가 도둑질한다는 소문이 언제부터 돌았는지 나는 분명히 알아. 길에서 너랑 만났던 그날……"

"그만하자니까 너 왜 그래?"

지영의 목소리가 다시 날카로워졌다. 은수는 차분했다.

"내가 비밀로 하겠다고 했잖아. 나는 나연이한테도 말 안 했어. 네가 힘들어할 거 같아서. 좀 믿지 그랬어? 나도 그렇고 나연이도 비밀을 지켰을 거야. 나도 나연이도 널 좋아했고 좋아하면 그 정도 비밀은 지켜줄 줄 알아."

"너하고 나연이는 좀 다르지……"

지영은 은수를 달래듯 말을 이었다.

은수는 지영의 말을 잘랐다.

"나는 혼자 있고 싶어. 날 좀 내버려둬."

은수의 그 말은 지영에 대한 어떤 비난이나 욕설보다 더 묵직했다. 마치 네가 날 왕따시켰지만 이젠 네가 뭘 해도 아무렇지도 않다고, 너는 나한테 아무것도 할 수 없을 거라고, 너 따위는 이제 필요 없다고 선언하는 것 같았다.

은수는 조용히 교실로 돌아갔다. 잠시 후 지영도 교실로 돌아갔다. 수업이 시작되었고 복도에는 나 혼자였다. 나는 창문 너머로 은수를 지켜봤다. 그리움과 부러움으로 가득 차서, 가능하다면 내 말을 들어주길 바라며.

  은수야, 내 말 들리지. 내가 너한테 부탁할 처지는 안 되지만 내 말이 들리면 우리 집으로 가줘. 가서 내다버린 한국문학 전집을 우리 엄마가 찾을 수 있게 해줘. 은수야, 제발, 제발. 내 목소리 좀 들어줘.

  수업을 듣던 은수가 내 쪽을 쳐다봤다. 은수와 나는 눈이 마주쳤다. 나는 분명히 그렇게 느꼈다. 은수는 내 목소리를 들었다.

죽은 후에도 사람은 자라는 것일까

누구도
혼자가
아니야

엄마는 이사 준비로 바빴다.

"퇴거장 받고 쫓겨나고 싶지는 않아. 조용히 이사 가야지."

엄마는 이모와 전화 통화 중이었다. 엄마가 원룸 구할 돈을 이모가 빌려주기로 했다.

"언니, 그래도 형부가 마음은 착하잖아. 일부러 그런 것도 아니고."

"그게 더 싫어. 맨날 당하면서 왜 착하게 살아? 좀 독해지면 안 돼? 결국 내가 독해지잖아."

"형부가 나연이한테도 참 잘했는데."

"다 소용없는 일이야. 같이 살 공간도 없는걸. 나는 나연이를 위해 아빠가 필요하다고 생각했지만 나연이도 그 사람 싫어했어. 결국 내 손으로 다 망친 거야."

 엄마, 아니야. 내가 새아빠를 싫어한 건 내가 이기적이어서 그런 거야. 내가 원하는 대로 해주지 않는다고, 해줄 능력이 없다고 내가 싫어한 거야.

 하지만 나도 엄마, 새아빠가 원하는 대로 해준 적이 없었다. 원하는 걸 해줄 능력도 없었다. 이제는 이런 생각을 할 수 있다. 너무 늦었지만 이제야 비로소. 내가 죽기 전에, 나는 어리고 자식이고 학생이기 때문에 당연히 뭔가를 받고 원하는 것을 어른들이 다 해줘야 한다고 생각했다.

 "날 다른 집 애들과 비교하지 말라고!"

 툭하면 이런 말을 내뱉었지만 나는 끝없이 다른 집 부모들과 우리 부모를 비교했다. 훨씬 더 잘살고, 능력 있고, 근사한 직업을 가진 사람들과 비교하며 비웃고 경멸했다. 나는 새아빠가 무능해서 골탕을 먹여도 된다고 생각했다. 그래서 아무 생각 없이 차용증서를 숨긴 것이다.

 띵동, 초인종이 울렸다. 엄마가 인터폰을 확인했다. 은수가 서 있었다.

 엄마가 놀라 문을 열고 말했다.

 "은수야, 네가 웬일이야? 학교 안 갔어?"

 "독서실 가는 길에 들렀어요."

 "아 참, 오늘 토요일이지? 어서 들어와."

은수는 쭈뼛쭈뼛 집 안으로 들어왔다. 집 안에 널브러진 물건들을 보며 은수가 물었다.

"이사 가시나 봐요."

"응. 그렇게 됐어. 그렇잖아도 나연이 물건을 정리해야 되는데 버리려니까……."

엄마는 잠시 말을 멈추더니 다시 입을 열었다.

"나연이 물건 중에 갖고 싶은 거 있으면 가져가도 돼."

"……."

"죽은 애 물건이라 좀 그렇긴 하겠다."

"제가 안 가져가면 다 버리실 거예요?"

"아냐. 어떻게 그래. 나연이가 싫어하던 것들만 버릴 거야."

은수는 엄마가 마루에 꺼내놓은 내 교과서며 참고서 따위를 들춰보았다. 엄마는 냉장고에서 주스를 꺼내 은수에게 건넸다.

"저기, 있잖아요……."

"말해. 무슨 말이든 괜찮아."

"지난번에 학교 앞으로 찾아오셔서 나연이가 절 왕따시키고 괴롭혔냐고 물으셨잖아요."

"그 일은 내가 대신 사과할게. 정말 미안해. 우리 나연이도 너한테 미안해할 거야."

은수는 주스 잔을 만지작거리며 할 말을 정리하는 듯 머뭇거리다 다시 입을 열었다.

"나연이가 밉고, 나연이한테 화가 많이 났었어요. 죽어서 고소하다고…… 그런 생각도 했어요."

엄마의 입에서 조용한 한숨이 흘러나왔다.

"그래도 니들 제일 친한 친구였잖아."

"네. 고등학교 올라와서 멀어지기 시작했지만 그전까지는……. 나연이가 제일 친한 친구였어요. 그래서인지 자꾸 나연이 목소리가 들리는 것 같아요. 나한테 나연이가 뭔가 말하려고 하는 것 같다는 생각이 자꾸 들어요."

"나연이가 뭐래?"

엄마는 담담하게 물었다. 은수의 얘기를 한때 절친을 잃어버린 여학생의 슬픔으로만 받아들이는 것이다.

"잘 모르겠어요……."

은수는 기어들어가는 목소리로 대답하고는 공연히 책더미를 들추어봤다. 쌓아둔 책이 무너지면서 한국문학전집 제 5권이 나왔다. 엄마가 읽는다고 침실에 가져간 후로 언제나 머리맡에 놓여 있기만 한 책이었다. 나는 있는 힘을 다해 은수에게 외쳤다.

은수야, 바로 그 책이야. 한국문학전집! 내다버린 걸 다시 찾아오라고 해줘! 제발!

은수가 말했다.

"이거 나연이가 얘기한 적 있어요. 엄마가 사주셨다고."

"그래? 나연이는 이거 되게 싫어했는데."

"맞아요. 나한테 제발 좀 가져가라고 했어요. 책꽂이만 비좁다고."

엄마와 은수가 동시에 웃었다.

"이미 갖다 버렸어."

"어디에다요? 제가 가져갈게요."

"그럴래? 분리수거장에 가져다 뒀는데 아직 거기 있을 거야."

엄마는 은수와 함께 현관문을 나섰다.

"은수야, 와줘서 고마워. 나연이도 무척 기뻐할 거야."

"네."

엄마는 은수의 어깨를 감싸고 분리수거장까지 갔다. 나도 나란히 걸어갔다. 분리수거장까지 몇 미터 남짓한 그 길, 몇 초 안 되는 그 시간이 마치 영원으로 이어진 것처럼 느껴졌다. 나는 내가 가장 사랑하는 사람들과 함께 있었다. 그리고 이제 엄마와 은수는 한국문학전집을 되찾고 그 안에 숨겨둔 차용증서를 발견할 것이다.

은수야, 「메밀꽃 필 무렵」이야. 메밀꽃. 그 이상한 소설 말이야.

분리수거장 앞에 도착하자 나는 은수의 귀에 대고 다짐 또 다짐했다. 하지만 한국문학전집은 없었다. 다른 폐지들은 잔뜩 쌓여 있는데 그것만 보이지 않았다. 엄마가 관리인을 찾아 책의 행방을 물어봤다. 관리인이 아무 일도 아니라는 듯 말했다.

"누가 가져갔나 보죠. 책은 내놓으면 종종 누가 들고 가니까요."

모든 것이 끝났다.

은수는 엄마와 다정한 인사를 나누고 집으로 돌아갔다. 나는 햇볕이 내리쬐는 분리수거장에 주저앉아 한참을 멍하니 있었다. 나는 은수에게 내 말을 전했고, 은수는 내 말을 들었다. 아무 소용없는 일이 되고 말았지만 대가는 치러야 한다. 나는 이제 사라질 것이다. 벌써 현기증 같은 것이 느껴졌다.

결국 나는 실패했다. 살아 있을 때와 마찬가지로 내가 하는 일은 늘 아무런 의미도 없이, 결실도 없이 흐지부지 끝이 났다. 못난 인간은 죽어서도 못난 인간으로 남을 수밖에 없는 거라면 나는 그 어떤 기대도 가질 수 없다. 나는 불평만 늘어놓고 헛짓만 하다 어린 나이에 죽어버린 하찮은 생명 중 하나일 뿐이다. 죽어서까지 이런 열패감에 시달릴 거라면 그냥 사라져 버리는 것이 낫겠다는 생각마저 들었다.

기훈 오빠는 어떻게 삼십 년을 이런 상태로 버틸 수 있었을까. 오빠는 나와는 다른 사람이어서 내가 느끼는 이런 열패감, 실망감을 느끼지 못한 것일까. 나는 오빠를 만나기 위해 천천히 일어나 서점으로 향했다.

지난번처럼 느닷없이 모든 것과 결별하고 싶지는 않았다. 내가 사라짐을 겪기 전에, 이번에는 최소한의 작별 인사라도 하고 싶었다. 그것 말고 달리 내가 할 수 있는 것도 없으니까.

서점은 문이 닫혀 있었다. 일요일에도 거의 열려 있었는데 서점 주인이 아프기라도 한 것일까. 기훈 오빠도 서점 안에 없었다. 나는 낡은 책처럼 테이블 위에 앉아 오빠와 서점 주인을 생각했다. 여러 가지 비참함 속에서도 좋은 것은 있다. 생각만 하면 내가 이동할 수 있는 것. 오빠는 어디에 있을까. 나는 마음속으로 오빠를 불렀다.

다음 순간 나는 고속버스 안에 있었다. 기훈 오빠의 옆자리에.

오빠는 나를 보고도 놀라지 않았다.

"왔니?"

"어딜 가요?"

"대전."

오빠가 앉은 자리 두어 칸 앞에는 서점 주인이 혼자 앉아 창밖을 바라보고 있었다.

"우리가 사귈 때, 방학이라 내가 집에 가 있으면 종종 대전에서 만났어. 현주는 서울에서 내려오고 나는 고향에서 대전으로 올라가고. 거기가 딱 중간이었거든."

"오빠, 추억이 많으면요. 시간이 아무리 지나도 그 추억만 생각하며 계속 살 수 있는 거예요?"

"이것도 사는 거라면, 그래. 살 수 있어."

"나는 나이가 어려서 추억도 조금밖에 없어요."

"추억이란 양이 중요한 게 아니라 깊이가 아닐까. 내가 절대로 놓지 않는 거, 언제까지나 간직할 수 있는 거."

"그 추억이라는 건 시간이 그렇게 많이 지나갔는데도 여전히 생생해요? 정말로 그래요?"

"삼십 년 전처럼 생생하진 않아. 현주가 붙잡고 있으니까 나도 놓을 수가 없는 거지."

고속버스가 대전에 도착했다. 서점 주인은 버스에서 내려 다시 택시를 타고 기차역 주변으로 갔다. 마치 약속이라도 있는 사람처럼. 그녀의 발걸음이 닿은 곳은 기차역 맞은편 상가의 골목들이었다. 희미한 기억을 더듬어 옛 모습을 찾으려 애써보지만 남아 있는 것은 이미 오래전에 새로 들어선 건물뿐. 추억에 빠져 있는 사람들은 마치 타임캡슐 속에 사는 것처럼 옛날이 어딘가에 그대로 남아 있다고 믿는 모양이다.

상가 간판 하나하나를 들여다보던 서점 주인은 핸드폰에서 내비게이션을 열어 목적지를 검색했다. 근처에 있는 카페였다.

"현주 친구야. 거의 유일한 친구이지."

카페 주인은 찾아온 친구와 서로 안부를 묻고 테이블에 앉았다. 서점 주인은 친구와 문자 메시지를 자주 주고받았지만 실제로 만나는 것은 아주 오랜만이었다. 서로의 얼굴에서 세월과 나이를 읽으며 두 사람은 이야기를 시작했다. 서점 주인의 친구는 이미 자식도 다 키웠고, 취미로 카페를 운영하는 중인데 같이 가게를 봐줄 사람이 필요하다고 말했다.

"얘, 네가 그 서점 때려치운다니 정말 잘 생각했다. 진작 그만뒀어야지. 근데 어떻게 때려치울 생각을 하게 된 거야?"

"그냥 불쑥 그런 생각이 들었어. 이제 그만해야겠다. 지긋지긋하다."

"그래, 옆에서 보는 나도 지긋지긋했는데 넌 오죽했겠니? 진짜 질긴 애야, 넌."

서점 주인은 고개를 숙이며 미소만 지었다.

"근데 이번에는 왜? 아무 이유 없이 그냥 불쑥? 지난번에 말했던 그 남자 때문이야?"

지난번 말했던 그 남자라면 술에 취해 서점으로 왔던 그 사람을 말하는 걸까. 나는 오빠를 쳐다봤다. 오빠는 이미 다 알고 있는 듯 표정의 변화가 없었다.

"그 사람 때문만은 아니지만……. 어느 정도는 그 사람 때문이기도 해."

"혹시 너 그 사람이랑 정말 진지하게 만나는 거야?"

"아직은 모르겠어. 어떻게 될지. 근데 나는 어떻게 될지 모른다는 게 너무 좋아. 그건 여러 가지 가능성이 있다는 뜻일 거고, 그게 뭐든 나는 기대가 돼."

서점 주인은 잠시 말을 멈췄다가 다시 입을 열었다.

"날더러 질기다고 했지만……. 지금까지 이렇게 산 건 질겨서가 아냐. 사실 기훈 씨 얼굴도 이제는 잘 떠오르지 않아. 시작은 기훈 씨였는지 모르겠지만 어느 순간부터는 다르게 살 방법도 없고, 뭘 바꿔볼 용기도 없어서 그냥 살던 대로 살았을 뿐이야. 습관적으로 기훈 씨 이름을 부르고 혼잣말을 하고……. 그건 모두 못난 나를 감추기 위한 속임수였어. 믿고 싶어 하는 사람을 속이기란 쉽잖아. 그 긴 거짓말을 가장 철석같이 믿은 사람이 나야."

오빠는 카페 밖으로 나갔다. 나는 오빠의 뒤를 따라갔다. 오빠의 등을 보며 나는 직감적으로 이제 오빠가 곧 사라질 것임을 느꼈다. 어쩌면 오빠가 아직도 사라지지 못하고 있었던 까닭은 서점 주인이 오빠를 잊지 못해서가 아니라 오빠가 서점 주인의 옆을 떠나고 싶지 않아서가 아니었을까.

오빠는 대전에서 한참 벗어난 곳에 자리한 어느 유원지를 찾아갔다. 동물원과 놀이기구가 있던 그곳은 한때는 주말마다 사람들로 북적이던 곳이겠지만 이제는 아파트 부지로 결정되어 철거를 앞두고 있었다. 놀이기구는 모두 낡은 채 방치되었고, 동물들의 우리는 모두 비어 있었다. 다른 곳으로 보내졌거나 아마 죽었을 것이다.

"여기, 현주 언니와 같이 왔던 곳이죠?"

오빠는 고개만 끄덕였다. 오빠와 나는 잡초로 반쯤 가려진 벤치에 앉았다. 오래된 유원지는 슬퍼 보였다. 내가 살아 있을 때에도 낡고 사라지는 것들은 모두 슬퍼 보였다. 영인 지금도 마찬가지이다. 오빠도 나도 곧 사라질 처지여서 그런 것만은 아니다. 영원히 남고 싶어서 사라짐이 두려운 것이 아니라 함께하지 못하고 잃어버린 그 시간들 때문에 사라짐이 마음 아픈 것이다.

"내가 사라지기 전에 꼭 알려달라고 했었지?"

"네. 근데 나도 곧 사라질 거예요. 산 사람과 교신을 했거든요. 그럼 사라져야 한대요."

"산 사람과 교신해서 원하는 걸 얻었니?"

나는 고개를 저었다. 오빠는 달래듯 내 손을 잡아주었다.

"나는 영인 채 삼십 년 넘게 남아 있었는데 그 시간들은 기억나는 게 없어. 현주가 나이 들어가는 것을 본 게 전부야. 내가 사라진 이후에 또 다음 세상이 있다면 그땐 내가 남기고 온 사람 곁에 머물지 않을 거야."

"다음 세상이 또 있을까요?"

"그건 아무도 모르지. 없기를 바라지만."

"만약 다음 세상이 또 있다면 나를 찾아주세요. 내가 별로 좋은 아이는 아니지만……. 나를 기억해주고, 내 옆으로 와주세요."

오빠가 미소를 지으며 내 머리를 쓰다듬었다.

"넌 좋은 사람이야. 내가 아니어도 널 기억하는 사람들은 많아. 시간이 지나 누군가를 잊어버리는 건 정말 잊는 게 아니야. 그런 건 있을 수 없어. 단지 삶의 다른 내용물들이 그 자리를 차지하는 것일 뿐. 정말로 사라지는 것은 없어. 널 기억해주길 바라는 사람들 마음속에 넌 언제나 있는 거야."

그것은 오빠가 스스로를 위로하는 말일까. 서점 주인은 이미 오빠의 얼굴조차 기억나지 않는다고 했는데. 어쩌면 오빠는 이런 시간을 기다려왔을 거라는 생각이 들었다. 자신이 사랑했던 사람이 자신의 존재를 마음속 한자리에 묻어놓고 다른 삶을 살고 있다는 걸 확인하는 이 순간을.

나와 오빠는 그 벤치에 오래 앉아 있었다.

영이 되면 시간 감각이 사라진다. 배도 고프지 않고 지루하지도 않다. 사람 없는 황폐한 유원지에 저녁이 오고 이내 어둠이 깔렸다.

나는 잠이 드는 것처럼 오빠의 어깨에 머리를 기대고 눈을 감았다. 오빠도 나에게 기댔다. 영은 잠들지 않는다. 잠시 의식을 잃을 뿐이다. 아주 짧은 순간일 수도 있고, 며칠씩 이어지기도 한다. 그것은 잠드는 것과 비슷하고, 또 죽는 것과도 비슷하다. 다음 순간이 다를 뿐이다.

멀리서 짐승의 울음 같은 소리가 들려왔다. 나의 환청일 것이다. 나도 사라지고 있으니까. 오빠와 나는 같이 사라질 것이다. 그리고 어쩌면 다시 만나게 될지도 모른다. 그때는 더 많은 이야기를 할 수 있으리라.

내가 눈을 떴을 때는 다음날이었다. 오빠는 없었다. 사라진 것이다.

그런데 왜 나는 사라지지 않았을까. 나는 분명히 은수와 교신했고, 은수는 내 말을 들었는데, 나는 왜 사라지지 않았을까. 폐차장 애들이 거짓말을 한 것일까.

나는 쓸쓸한 유원지를 뒤로하고 기차역으로 걸어갔다. 서점 주인이 보였다. 그녀는 표를 끊고 기차에 오르고 있었다. 내려

올 때와는 달리 뭔가 서두르는 모습이 완연했다. 나도 그녀와 함께 기차에 올랐다. 그녀 주변에 있으면 기훈 오빠가 쓱 다시 나타날 것 같았다. 물론 그런 일은 일어나지 않았다.

기차는 금방 서점 여자와 나를 서울역에 내려다 놓았다. 서점 여자는 택시를 타고 우리 동네 경찰서로 향했다. 무슨 일이 생긴 모양이었다. 영이 되어서도 미래에 일어날 일에 대한 어떠한 암시나 예감을 가질 수 없다는 것은 참 아쉽다. 내가 미래에 대해 조그만 예측이라도 가질 수 있었다면 경찰서에서 그렇게 놀라지는 않았을 것이다.

경찰서에는 술에 취해 서점을 찾아왔던 그 남자가 있었다. 그리고 엄마와 새아빠도 함께였다. 남자는 눈물을 펑펑 흘리며 뺑소니 사고의 범인이 자신이라고 자백하는 중이었다.

너무 죄송하다고, 어머니와 딸 하나를 부양하고 있어서 달아날 수밖에 없었다고, 그동안 너무 힘들었다고…….

엄마가 비명을 지르며 남자에게 달려들었다.

"사고 직후 병원으로 데리고 갔다면 살릴 수 있었을 거야! 왜 길바닥에 내버려뒀어! 병원에만 바로 데리고 갔다면! 병원에만 갔다면!"

엄마는 있는 힘껏 악을 썼다.

엄마, 아니야. 나는 길에서 죽었어. 그 사람이 날 병원에 데리고 갔어도 도착하기 전에 죽었을 거야.

그러나 엄마는 내 말을 듣지 못했다. 내 목소리를 한 번만 엄마에게 들려줄 수 있다면, 그런 후에 이대로 사라져 버린다면 좋으련만.

나는 나를 죽게 한 남자의 얼굴을 쳐다봤다. 후회와 가책, 눈물로 뒤범벅된 남자의 얼굴은 초췌하고 비참했다. 신기하게도 나는 그에게 미움이나 원망이 들지 않았다. 서점 여자가 변하고, 은수가 변하듯이 나도 변한 것일까. 아니면 체념을 배운 것일까.

새아빠는 울며 악을 쓰는 엄마를 경찰서 밖으로 데리고 나갔다. 엄마는 길에 주저앉아 한참을 울었다. 울다가 쓰러지고 병원으로 실려 간 뒤 다시 의식을 회복하고……. 그리고 새아빠의 손을 잡고 다시 울었다. 나는 새아빠가 고마웠다. 그리고 여전히 미안했다. 내 미안함을 전할 수는 없지만 나는 엄마가 새아빠 옆에 계속 머물기를 바랐다. 진정으로 바랐다. 바라는 것만이 내가 할 수 있는 유일한 것이었다.

경찰서에서는 남자가 모든 자백을 마치고 구속이 결정되었다. 서점 주인은 여전히 남자 곁에 머물렀다. 형사는 한숨을 쉬며 혀를 차더니 서점 여자에게 가족이냐고 물었다.

"아뇨, 그냥…… 친구예요."

서점 여자가 남자의 손을 잡고 말했다.

"자수한 거 잘한 거예요. 힘내세요."

남자는 서점 주인의 손을 잡고 미안하다고 말했다.

"아이가 혼자 남게 될까 봐 두려웠어요. 나 혼자, 나 혼자 감당하기 너무 힘들어서……."

"혼자가 아닐지도 몰라요. 우리 옆에는 늘 누군가 있어요. 우리가 못 느낄 뿐이지."

서점 주인의 말이 옳다. 누구도 혼자는 아니다. 나 또한 그렇다. 엄마도, 아빠도 은수도 내 말을 듣지 못하고, 기훈 오빠도 사라졌지만 그럼에도 나는 혼자가 아니다. 내가 그 모두를 사랑하기 때문이다. 잊지 않고 있기 때문이다. 그걸로 나는 충분하다.

에필로그

그날 밤에 기적 같은 일이 생겼다.

한국문학전집 안에 감춰뒀던 차용증서가 새아빠 아니, 아빠에게 돌아온 것이다. 한국문학전집을 가져갔던 A동 사람이 책을 들춰보다 차용증서를 발견하고 경비 아저씨한테 가져간 것이다. 경비 아저씨는 차용증서에 쓰인 이름을 확인하고는 아빠에게 가져다줬다. 엄마와 아빠는 집을 비워줘야 할 이유가 없어졌다. 엄마는 아빠와 화해했다.

은수는 내 말을 듣지 못했다. 내가 사라지지 않고 남아 있는 것이 그 증거이다. 아마 산 사람과 교신하는 방법 같은 건 없는지도 모른다. 은수는 성아와 친해졌고 둘은 늘 핸드폰으로 재미있는 유튜브 동영상을 서로에게 보내며 붙어 다닌다. 혜라는 여전히 거울 공주이고, 지영은 여전히 까칠하고 제멋대로이지만 가끔 불안한 눈빛으로 은수를 쳐다보곤 한다. 은수가 지영에게 관심이 없어서 모를 뿐이다.

나는 여전히 영이다.

나는 새처럼 날아 전봇대 위에 오르기도 하고, 아주 먼 곳을 다녀오기도 하지만 주로 내 가족, 친구들 옆에 있다. 햇빛 속에, 빗방울 속에, 달그림자 속에. 내가 언제 이곳을 떠날 수 있을지 모르겠다. 정말이지 나도 모른다. 내가 아는 것은 내가 여전히 여기에 있다는 것뿐이다. 오빠의 말대로 정말로 사라지는 것은 없는지도 모른다.

| 작가의 말 |

 이 이야기는 2014년 세월호 사건 직후 처음 시작했다. 감당이 안 되는 큰 비극 앞에서 내가 할 수 있는 일이란 고작 헛된 바람을 상상하는 것이었다. 죽음이 끝이 아니라면, 희생자들의 영혼이라도 우리 옆에 남아 있다면, 그래서 우리가 잊지 않고 있다는 것을 알려줄 수 있다면……. 그러니 처음 생각했던 이야기는 지금과 한참 달랐다. 세월호의 진실은 정확하게 규명되지 않았고, 나는 내가 쓰는 이야기에 자신을 잃고 다른 작업들로 도망가 버렸다.

 시간이 한참 지나 다시 중단한 원고를 붙잡았을 때, 내용은 잊지 못하는 사람들의 이야기에서 떠나지 못하는 사람들의 이야기로 바뀌었다. 변하지 않은 것이 있다면 세월호 아이들의 혼이나마 우리 옆에 남아 있기를 바라는 그 마음뿐이다. 어쩌면 혼이 다 떠나서 진상 하나 제대로 규명하지 못하는 우리 초라한 어른들의 모습을 더 이상 보지 않기를 바라는지도 모르겠다. 부디 이 볼품없는 책이 그 아이들의 영혼에 건네는 한 개의 향이나마 될 수 있기를 감히 바란다.

이 책을 내주신 카프카의 방 강민구 대표님과 편집을 맡아주신 임수현 작가, 편집장 김도언 작가님께 감사드린다. 이분들이 아니었다면 이 이야기는 컴퓨터 안에서 계속 잠자고 있었을 것이다. 떠나보낼 수 있게 되어서 다행이다.

여기까지 읽어주신 독자님들께 감사와 사랑을 보냅니다. 행복하시길.

2025년 여름

김서진

내가 죽은 다음날

펴낸날 1판 1쇄 2025년 7월 31일

지은이 김서진
펴낸이 Tardy Yum
펴낸곳 **카프카의밤**
등록 2024년 1월 12일 제2024-000015호
주소 경기도 고양시 일산동구 강석로 152, 712-602
전화 031-903-2111
ISBN 979-11-986316-2-6   43810

잘못된 책은 구입하신 서점에서 바꾸어 드립니다.
값은 뒤표지에 있습니다.